AKIRA ICHIKAWA COLLECTION NO.4

Bertolt Brecht, 1954
Attribution: Bundesarchiv, Bild 183-W0409-300 / Kolbe, Jörg / CC-BY-SA 3.0

Bertolt Brecht

DER AUFSTIEG DES ARTURO UI
(1956)

Übersetzung

Akira Ichikawa

MATSUMOTOKOBO Ltd.

AKIRA ICHIKAWA COLLECTION NO.4

Der Aufstieg des Arturo Ui

1. Auflage: 1. November 2016
2. Auflage: 1. März 2020

Übersetzungsserie von Akira Ichikawa

Der Originaltext dieser Übersetzung: *Der Aufstieg des Arturo Ui*
Bertolt Brecht, Werke, Band 7
Suhrkamp Verlag. Erste Auflage 1991
Copyright © Aufbau-Verlag Berlin und Weimar und Suhrkamp Verlag
Frankfurt am Mein 1991

Umschlaggestaltung, -bindung und Satz:
Hisaki Matsumoto (MATSUMOTOKOBO Ltd.)
Gajoen Heights (Zimmer) 1010, 12-11 Amijima-cho, Miyakojima-ku,
Osaka 5340026, Japan
Telefon: +81-(0)6-6356-7701, Faksimile: +81-(0)6-6356-7702,
http://matsumotokobo.com

Herausgabe: SHIORI KITAOKA
Druck und Bindung: Shinano Book Printing Co., Ltd.

Kein Teil des Werkes darf in irgendeiner Form (durch Fotografie, Mikrofilm oder andere Verfahren)
ohne schriftliche Genehmigung des Verlegers reproduziert oder unter
Verwendung elektronischer Systeme verarbeitet, vervielfältigt oder verbreitet werden.

Printed in Japan, ISBN978-4-944055-85-2
© 2016/2020 Akira Ichikawa

ベルトルト・ブレヒト

アルトゥロ・ウイの興隆

市川　明　訳

松本工房

Inhalt

Der Aufstieg des Arturo Ui   *11*

Endnoten   *472*

Kommentar   *481*

目次

アルトゥロ・ウイの興隆 … 11

註釈 … 472

解題 … 481

凡例

本書は、Bertolt Brecht, Werke, Band 7: *Der Aufstieg des Arturo Ui*. In: Suhrkamp Verlag, Erste Auflage 1991, Aufbau-Verlag Berlin und Weimar und Suhrkamp Verlag, Frankfurt am Mein 1991 を底本とし、新訳と註釈を施したものである。原文の韻律を玩味し、あるいは本作の日独比較研究を試みる読者・研究者の便を図り、本書では以下の点に留意した。

一、偶数頁にはドイツ語原文を底本に即して附し、奇数頁に日本語訳を配した。

一、原文・日本語訳ともに参照の便を図り、五行ごとに行数番号を振った。ただし翻訳箇所としての対応関係を必ずしも意味するものではない。

一、ドイツ語・日本語の文法構造の相違から、数行をひとつの意味のまとまりとして翻訳しているため、一部語句や意味が前後している場合がある。

一、日本語訳への註釈は、訳者による。なお、底本による原文への註釈は省いた。

一、本作品には、身体的・精神的資質、職業・身分などに関して、現在では不適切だと思われる表現があるが、作品の時代背景や状況設定などを考慮し、できるだけテクストに近い訳語を使用した。

アルトゥロ・ウイの興隆

(1956)

15場

[Mitarbeiterin: Margarete Steffin]

[Hinweis für die Aufführung]

Das Stück muß, damit die Vorgänge jene Bedeutung erhalten, die ihnen leider zukommt, im g r o ß e n   S t i l aufgeführt werden; am besten mit deutlichen Reminiszenzen an das elisabethanische Historientheater, also etwa mit Vorhängen und Podesten. Z.B. kann es vor gekalkten Rupfenvorhängen, die ochsenblutfarben bespritzt sind, agiert werden. Auch können gelegentlich panoramamäßig bemalte Prospekte benutzt werden, und Orgel-, Trompeten- und Trommeleffekte sind ebenfalls zulässig. Es sollten Masken, Tonfälle und Gesten der Vorbilder verwendet werden, jedoch ist reine Travestie zu vermeiden, und das Komische darf nicht ohne Grausiges sein. Nötig ist plastische Darstellung in schnellstem Tempo, mit übersichtlichen Gruppenbildern im Geschmack der Jahrmarktshistorien.

［協力者：マルガレーテ・シュテフィン］

［上演の指示］

この作品は、さまざまな出来事に、残念ながらそれにふさわしい意味を持たせるために、高尚な様式[†1]で演じられねばならない。いちばんいいのはエリザベス王朝時代の歴史劇を明らかに想起させるような形で、したがって幕や演壇などを用いて演じることだ。たとえば漆喰を塗ったズックの幕に牛の血の色の液体をスプレーし、その幕の前で上演してもいいだろう。場合によってはパノラマ風に描かれた背景図を用いてもいい。またパイプオルガンやトランペット、太鼓の効果を使うこともできる。典型的な人物の顔つきや口調、身振りなども利用してほしい。でもまったくの戯画化は避けねばならない。滑稽なものは怖ろしいものを伴わなければならない。必要なのは、年の市の歴史劇[†2]のような趣で、はっきりと人物がグループ分けされており、最速のテンポで具象的な描写がなされていることである。

Personen

Flake, Caruther, Butcher, Mulberry, Clark – Geschäftsleute, Führer des Karfioltrusts · Sheet, Reedereibesitzer · Der alte Dogsborough · Der junge Dogsborough · Arturo Ui, Gangsterchef · Ernesto Roma, sein Leutnant; Manuele Giri; Giuseppe Givola, Blumenhändler – Gangster · Ted Ragg, Reporter des »Star« · Greenwool, Gangster und Bariton · Dockdaisy · Bowl, Kassierer bei Sheet · Goodwill und Gaffles, zwei Herren von der Stadtverwaltung · O'Casey, Untersuchungsbeauftragter · Ein Schauspieler · Hook, Grünzeughändler · Der Angeklagte Fish · Der Verteidiger · Der Richter · Der Arzt Der Ankläger · Eine Frau · Der junge Inna, Romas Vertrauter · Ein kleiner Mann · Ignatius Dullfeet · Betty Dullfeet, seine Frau · Dogsboroughs Diener · Leibwächter · Gunleute · Grünzeughändler von Chikago und Cicero · Zeitungsreporter

登場人物

フレーク、キャラザー、ブッチャー、マルベリー、クラーク
　　　　　　　　　　　実業家たち、カリフラワー・トラストの幹部
シート……………………船会社のオーナー
老ドグズバロー
ドグズバロー・ジュニア
アルトゥロ・ウイ……ギャングのボス
エルネスト・ローマ…ウイの片腕
マヌエレ・ジーリ
ジュセッペ・ジボラ…花屋
ギャングたち
テッド・ラグ………「星」紙の新聞記者
グリーンウール……ギャングでバリトン歌手
ドックデージー
ボウル………………シートの会社の会計係
グッドウィルとギャッフルズ……市役所の二紳士

オケーシー………………市の取調官
一人の役者
フック……………………八百屋
被告フィッシュ
弁護士
裁判長
医者
検事
一人の女性
インナ青年………………ローマの腹心
小男
イグネイシャス・ダルフィート
ベティ・ダルフィート……彼の妻
ドグズバローの召使
用心棒たち
殺し屋たち
シカゴとシセロの八百屋たち
新聞記者たち

劇中の登場人物・事項とナチス時代の歴史的人物・事項の対照

ドグズバロー………ヒンデンブルク
アルトゥロ・ウイ………ヒトラー
ジーリ………ゲーリング
ローマ………レーム
ジボラ………ゲッベルス
ダルフィート………ドルフス
カリフラワー・トラスト………ユンカーと実業家
八百屋………小市民
ギャング………ファシスト
港湾施設援助事業スキャンダル………東部救済事業スキャンダル
倉庫放火事件裁判………国会議事堂放火事件裁判
シカゴ………ドイツ
シセロ………オーストリア

Prolog

Verehrtes Publikum, wir bringen heute
– bitte, etwas mehr Unruhe dort hinten, Leute!
Und nehmen Sie den Hut ab, junge Frau! –
Die große historische Gangsterschau.
Enthaltend zum allerersten Mal
DIE WAHRHEIT ÜBER DEN DOCKSHILFESKANDAL!
Ferner bringen wir Ihnen zur Kenntnis
DES ALTEN DOGSBOROUGH TESTAMENT UND GESTÄNDNIS!
DEN AUFHALTSAMEN AUFSTIEG DES ARTURO UI
WÄHREND DER BAISSE!
SENSATIONEN IM BERÜCHTIGTEN SPEICHERBRANDPROZESS!
DEN DULLFEETMORD! DIE JUSTIZ IM KOMA!
GANGSTER UNTER SICH: ABSCHLACHTUNG DES ERNESTO ROMA!
Zum Schluß das illuminierte Schlußtableau:

プロローグ[3]

観客のみなさん、今日お目にかけますのは
——ちょっと、後ろのお客さん、お静かに！
それに帽子は取ってください、お嬢さん！——
大ギャング団の歴史的ショーでございます！
まずはことの真相を明かしてみせましょう。
船のドック建設にまつわる贈収賄事件の！[4]
続きまして、みなさんにお見せしたいのは
老いたるドグズバローの遺言状と懺悔録！[6]
株の暴落によるアルトゥロ・ウイの興隆！[7] ウイの興隆はまだ止められるが。[8]
悪名高い倉庫放火事件の裁判での大騒動！[9]
ダルフィート殺害！[10] こん睡状態の司法！[11]
ギャング仲間のエルネスト・ローマ虐殺！
最後にスポットライトを浴びた最終場面‥

PROLOG

GANGSTER EROBERN DIE VORSTADT CICERO!
Sie sehen hier, von unsern Künstlern dargestellt
Die berühmtesten Heroen unsrer Gangsterwelt
Alle die verflossenen
Gehängten, erschossenen
Vorbilder unsrer Jugendlichen
Ramponiert, aber noch nicht verblichen.
Geehrtes Publikum, der Direktion ist bekannt
Es gibt den oder jenen heiklen Gegenstand
An den ein gewisser zahlender Teil des geehrten
Publikums nicht wünscht erinnert zu werden.
Deshalb fiel unsre Wahl am End
Auf eine Geschichte, die man hier kaum kennt
Spielend in einer weit entfernten Stadt
Wie es sie dergleichen hier nie gegeben hat.
So sind Sie sicher, daß kein Vater
Oder Schwager im Theater

プロローグ

ギャング団が隣の町のシセロを侵略する！
ご覧のようにギャング界の名だたる英雄が
われらの芸術家の手で描かれております。
みんな、姿をくらませたままであったり、
絞首刑になったり、銃殺されたりしてる。
傷だらけだが、まだ死んでない者もいる。
みんな、われらの若者たちのあこがれだ。
観客のみなさん、心得てます、こっちは。
あれやこれやと扱いにくい対象もあるし、
観客のみなさんの中にはそんなことなど
思い出すのも嫌という人もいるでしょう。
だからけっきょくわれわれが選んだのは
当地ではほとんどなじみのない物語です。
こんな話はここでは起こったことがない。
はるか遠く離れた町が舞台になっていて
あなたがたにははっきりわかっています、
父親や兄弟、あなたの身内がこの舞台で

1 City

Hier bei uns in Fleisch und Blut
Etwas nicht ganz Feines tut.
Legen Sie sich ruhig zurück, junge Frau
Und genießen Sie unsre Gangsterschau!

1

City. Auftreten fünf Geschäftsleute, die Führer des Karfioltrusts.

FLAKE
 Verdammte Zeiten!
CLARK
 's ist, als ob Chikago
Das gute alte Mädchen, auf dem Weg
Zum morgendlichen Milchkauf, in der Tasche
Ein Loch entdeckt hätt und im Rinnstein jetzt
Nach ihren Cents sucht.

I 市の中心地区

I

（シティ〈市の中心地区〉。カリフラワー・トラストの代表者である五人の実業家が登場）[†13]

何か困ったことをしでかすなんてことは
どう考えてもありえないっていうことを。
お嬢さん、ゆっくり腰かけていただいて
われらのギャングショーをお楽しみあれ！

フレーク
　いまいましい世の中だ！

クラーク　　　　　　　シカゴが、そう、
あの気のいいオールドミスが、朝方ミルクを
買いにいく途中で、ポケットの穴に
気づいて、どぶに落とした小銭を
探している、そんな感じだ。

1 City

CARUTHER
                      Letzten Donnerstag
Lud mich Ted Moon mit einigen achtzig andern
Zum Taubenessen auf den Montag. Kämen
Wir wirklich, fänden wir bei ihm vielleicht   5
Nur noch den Auktionator. Dieser Wechsel
Vom Überfluß zur Armut kommt heut schneller
Als mancher zum Erbleichen braucht. Noch schwimmen
Die Grünzeugflotten der fünf Seen wie ehdem
Auf diese Stadt zu und schon ist kein Käufer   10
Mehr aufzutreiben.
BUTCHER
            's ist, als ob die Nacht
Am hellen Mittag ausbräuch!
MULBERRY   15
                      Clive und Robber
Sind unterm Hammer!

1 市の中心地区

キャラザー　先週の木曜日に
テッド・ムーンがほかの八十人とどもに
月曜の鳩の食事会に招待してくれたんだ。
もし本気にして出かけていたら、たぶん
競売人しかお目にかからなかっただろう。
過剰生産が貧困に替わるのはあっという間だ。
青くなってるひまなんかない。
野菜の船団がこの町に向かって
五大湖を進んでいるうちに、もう買い手は
いなくなっている。

ブッチャー　真っ昼間にいきなり
夜が訪れたみたいだ！

マルベリー　クライブ社もロバー社も
競売に付されている。

1 City

CLARK

                  Wheelers Obstimport
Seit Noahs Zeiten im Geschäft – bankrott!
Dick Havelocks Garagen zahlen aus!

CARUTHER

  Und wo ist Sheet?

FLAKE

                  Hat keine Zeit, zu kommen.
Er läuft von Bank zu Bank jetzt.

CLARK

                     Was? Auch Sheet?
Mit einem Wort: Das Karfiolgeschäft
In dieser Stadt ist aus.

BUTCHER

                 Nun, meine Herren
Kopf hoch! Wer noch nicht tot ist, lebt noch!

MULBERRY

  Nicht tot sein heißt nicht: leben.

市の中心地区

クラーク　ノアの時代からの老舗、ウィーラーの果物輸入会社が——破産！　ディック・ハヴロック社のガレージは空っぽだ！

キャラザー　シートはどこにいる？

フレーク　来るひまなんてない。

クラーク　銀行周りをしているよ。

フレーク　何だって？　シートまで？

クラーク　要するに、この町のカリフラワーの商売はおしまいってことだ。

ブッチャー　さあ、諸君　元気を出せ！　まだ死んでないやつは、生きてるってことだ！

マルベリー　死んでないからといって、生きてることにはならない。

1 City

BUTCHER
                        Warum schwarz sehn?
Der Lebensmittelhandel ist im Grund
Durchaus gesund. 's ist Futter für die Vier –
millionenstadt! Was, Krise oder nicht:
Die Stadt braucht frisches Grünzeug und wir schaffen's!
CARUTHER
Wie steht es mit den Grünzeugläden?
MULBERRY
                            Faul.
Mit Kunden, einen halben Kohlkopf kaufend
Und den auf Borg!
CLARK
             Der Karfiol verfault uns.
FLAKE
Im Vorraum wartet übrigens ein Kerl
– ich sag's nur, weil's kurios ist – namens Ui...

I 市の中心地区

ブッチャー　食料品を扱う商売はまったく揺らぐことなく健全だ。何でそんなに悲観的なんだ？　四百万都市の餌なのだから！　不景気であろうがなかろうが、町は新鮮な野菜を必要としており、われわれがそれを供給するのだ！

キャラザー　八百屋のほうの調子はどうだ？

マルベリー　腐ってる。

クラーク　キャベツ半分買うのも「ツケで」、なんていう客相手じゃ！

フレーク　カリフラワーがわれわれを腐らせる。

――ところで玄関で野郎が待ってるぞ――変な名前なので覚えているが――ウイ……とかいう

1 City

CLARK
Der Gangster?
FLAKE
Ja, persönlich. Riecht das Aas
Und sucht mit ihm sogleich Geschäftsverbindung.
Sein Leutnant, Herr Ernesto Roma, meint
Er könnt die Grünzeugläden überzeugen
Daß anderen Karfiol zu kaufen als
Den unsern, ungesund ist. Er verspricht
Den Umsatz zu verdoppeln, weil die Händler
Nach seiner Meinung lieber noch Karfiol
Als Särge kaufen.
Man lacht mißmutig.
CARUTHER
's ist 'ne Unverschämtheit!
MULBERRY *lacht aus vollem Hals:*
Thompsonkanonen und Millsbomben! Neue

クラーク　あのギャングが？

フレーク　そうだ、自らお出ましだ。腐った肉の臭いがしたらたちどころにやつは取引を求めてくる。やつの代理人のエルネスト・ローマ氏が言うにはわれわれ以外のところからカリフラワーを買うのは不健全だということを八百屋の連中にわからせるとさ。八百屋だって、やつの考えじゃ、棺桶を買うよりカリフラワーを買うほうがいいに決まってる。やつは売り上げを倍にしてやると約束している。

（みんな不機嫌に笑う）

キャラザー　恥知らずめ！

マルベリー　（大声で笑う）トンプソン式機関銃にミルズが発明した卵型手榴弾か！

1 City

Verkaufsideen! Endlich frisches Blut
Im Karfiolgeschäft! Es hat sich rumgesprochen
Daß wir schlecht schlafen: Herr Arturo Ui
Beeilt sich, seine Dienste anzubieten!
Ihr, jetzt heißt's wählen zwischen dem und nur noch
Der Heilsarmee. Wo schmeckt das Süpplein besser?
CLARK
Ich denke, heißer wär es wohl beim Ui.
CARUTHER
Schmeißt ihn hinaus!
MULBERRY
     Doch höflich! Wer kann wissen
Wie weit's mit uns noch kommen wird!
Sie lachen.
FLAKE *zu Butcher:*
       Was ist
Mit Dogsborough und einer Stadtanleih?

1 市の中心地区

新しい販売法だな！　ようやくカリフラワーの商売が息を吹き返すってわけだ！　われわれが不眠症だといううわさが広まっている。そこでアルトゥロ・ウイ氏が大急ぎであれこれ手を打とうとしてくれているのだ！　要するに選べということさ。ギャングのウイか、あとは救世軍か。どちらのスープがうまいかってことかな？

クラーク　ウイのスープのほうがきっと熱いだろうな。

キャラザー　やつをおっぽり出せ！

マルベリー　　　　　でも丁重にな！　この先どうなるか誰にもわかっちゃいないのだから！

フレーク　（ブッチャーに）

　（彼らは笑う）

　　　　　　　　　どうなったのだ、ドグズバローのことや、市の公債発行による出資金の件は？

1 City

Zu den andern:
Butcher und ich, wir kochten da was aus
Was uns durch diese tote Zeit der Geldnot
Hindurchbrächt. Unser Leitgedanke war
Ganz kurz und schlicht: warum soll nicht die Stadt
Der wir doch Steuern zahlen, uns aus dem Dreck ziehn
Mit einer Anleih, sag für Kaianlagen
Die wir zu bauen uns verpflichten könnten.
Der alte Dogsborough mit seinem Einfluß
Könnt uns das richten. Was sagt Dogsborough?
BUTCHER
Er weigert sich, was in der Sach zu tun.
FLAKE
Er weigert sich? Verdammt, er ist der Wahlboß
Im Dockbezirk und will nichts tun für uns?
CARUTHER
Seit Jahr und Tag blech ich in seinen Wahlfonds!

(ほかの連中に)

ブッチャーと私は、この不景気で活気のない時代をどのように切り抜けたらいいか、二人していろいろ考え、計画した。われわれの基本方針というのは簡単明瞭だ。われわれが税金を払っている市がわれわれを泥沼から救うためにお金を出資しないなんてことがあろうか？ たとえばわれわれが建設を引き受けるだろう港湾施設のためにだぞ。どこにでも顔の効く老いぼれドグズバローなら動いてくれるかもしれない。やつは何と言ってる？

ブッチャー
この件に関わるのはごめんだって。

フレーク
ごめんだって？ ちくしょう、やつはこの波止場界隈の選挙ボスなのに、われわれのためには何もしないって？

キャラザー
ずっと前から選挙資金はこっちで払ってやってるんだぞ！

1 City

MULBERRY

Zur Höll, er war Kantinenwirt bei Sheet!
Bevor er in die Politik ging, aß er
Das Brot des Trusts! 's ist ein schwarzer Undank! Flake!
Was sagt ich dir? 's gibt keinen Anstand mehr!
's ist nicht nur Geldknappheit! 's ist Anstandsknappheit!
Sie trampeln fluchend aus dem sinkenden Boot
Freund wird zu Feind, Knecht bleibt nicht länger Knecht
Und unser alter, lächelnder Kantinenwirt
Ist nur noch eine große kalte Schulter.
Moral, wo bist du in der Zeit der Krise?

CARUTHER

Ich hätt es nicht gedacht vom Dogsborough!

CLARK

Wie redet er sich aus?

BUTCHER

                Er nennt den Antrag fischig.

市の中心地区

マルベリー　くたばっちまえ、やつはシートの会社の食堂のおやじだった！　政治の世界に入る前は、やつはトラストに食わせてもらっていたのだ！　恩知らずめが！
フレーク！　私は君に何と言った？　礼儀だ！　もはや礼儀も何もない！　欠けているのは金だけじゃない！
連中は沈みゆく舟から、悔しがり、呪っている。
「友が敵になり、下僕は下僕のままではいない。いつも微笑んでいた社員食堂の老いぼれおやじが今や冷淡な態度しか取らなくなった」などなど。
道徳よ、この危機の時代におまえはどこにいるのだ？

キャラザー　ドグズバローがああなるなんて、思いもよらなかった！

クラーク　どんな言い逃れをしている？

ブッチャー　申請はいかがわしいだって。

1 City

FLAKE
Was ist dran fischig? Kaianlagen baun
Ist doch nicht fischig. Und bedeutet Arbeit
Und Brot für Tausende!
BUTCHER
                Er zweifelt, sagt er
Daß wir die Kaianlagen baun.
FLAKE
                        Was? Schändlich!
BUTCHER
Daß wir sie nicht baun wolln?
FLAKE
                       Nein, daß er zweifelt!
CLARK
Dann nehmt doch einen andern, der die Anleih
Uns durchboxt.
MULBERRY
            Ja, 's gibt andere!

市の中心地区

フレーク　どこがいかがわしい？　港湾施設を作ることはいかがわしくなんかない。それで何千もの人に仕事とパンが与えられるのだ！

ブッチャー　やつが言うには

フレーク　われわれが港湾施設を作るかどうか疑わしいって。

ブッチャー　何だって？　恥さらしめ！

フレーク　われわれが作ろうとして作らないことがか？

クラーク　違う、やつが疑っていることがだ。

フレーク　それじゃわれわれのために何としてでも出資を実現してくれる別の人間を雇い入れよう。

マルベリー　なあに、ほかにもいるさ！

1 City

BUTCHER
                        Es gibt.
Doch keinen wie den Dogsborough. Seid ruhig!
Der Mann ist gut.
CLARK
         Für was?
BUTCHER
                 Der Mann ist ehrlich.
Und was mehr ist: bekannt als ehrlich.
FLAKE
                     Mumpitz!
BUTCHER
Ganz klar, daß er an seinen Ruf denkt!
FLAKE
                     Klar?
Wir brauchen eine Anleih von der Stadt.
Sein guter Ruf ist seine Sache.

I 市の中心地区

ブッチャー　でもドグズバローほどの人間はいない。落ち着け！　いるよ。
あの男はいい。

クラーク　　どこが？

ブッチャー　あの男は正直だ。

フレーク　　もっといいのは正直で通っていることだ。

ブッチャー　やつが自分の名声にこだわっていることは確かだ！

フレーク　　　　　　　　　　　　　　　　　　　　　　ナンセンス！　確かか？

ブッチャー　われわれには市の出資金が必要なのだ。
やつの名声なんかどうでもいい。

1 City

BUTCHER
                    Ist er's?
Ich denk, er ist die unsre. Eine Anleih
Bei der man keine Fragen stellt, kann nur
Ein ehrlicher Mann verschaffen, den zu drängen
Um Nachweis und Beleg sich jeder schämte.
Und solch ein Mann ist Dogsborough. Das schluckt!
Der alte Dogsborough ist unsre Anleih.
Warum? Sie glauben an ihn. Wer an Gott
Längst nicht mehr glaubt, glaubt noch an Dogsborough.
Der hartgesottne Jobber, der zum Anwalt
Nicht ohne Anwalt geht, den letzten Cent
Stopft' er zum Aufbewahren in Dogsboroughs Schürze
Säh er sie herrnlos überm Schanktisch liegen.
Zwei Zentner Biederkeit! Die achtzig Winter
Die er gelebt, sahn keine Schwäche an ihm!
Ich sage euch: ein solcher Mann ist Gold wert

I 市の中心地区

ブッチャー　そうかな？

やつの名声はわれわれにも重要だ。あれこれ聞かれないで、市の出資金を供与してもらえるのは正直者だけだ。正直者には誰も証拠書類を出せなどとうるさく迫りはしない。ドグズバローはそういう男だ。やつならうまくやってくれる。老いぼれドグズバローはわれわれの金づるだ。なぜかって？　みんなやつを信用している。神さまを信じなくなった者でも、ドグズバローのことは信じている。弁護士のとこへ行くのに必ず別の弁護士を連れていくような冷酷な仲買人でさえ、ドグズバローは別格だ。主不在でもカウンターに前掛けが置いてあれば、保管してもらうように有り金全部、ドグズバローの前掛けに詰め込んでいく。千金の重みの正直さだ！　やつが過ごしてきた八十年の歳月、弱みを見せたことなんかなかった！　君たちに言っておく。そういう男は黄金の価値がある。

1 City

Besonders, wenn man Kaianlagen bauen
Und sie ein wenig langsam bauen will.
FLAKE
Schön, Butcher, er ist Gold wert. Wenn er gradsteht
Für eine Sache, ist sie abgemacht.
Nur steht er nicht für unsre Sache grad!
CLARK
Nicht er! »Die Stadt ist keine Suppenschüssel!«
Und »Jeder für die Stadt, die Stadt für sich!«
's ist eklig. Kein Humor. 'ne Ansicht wechselt
Er wohl noch seltner als ein Hemd. Die Stadt
Ist für ihn nichts aus Holz und Stein, wo Menschen
Mit Menschen hausen und sich raufen um
Ein wenig Nahrung, sondern was Papierenes
Und Biblisches. Ich konnt ihn nie vertragen.
Der Mann war nie im Herzen mit uns! Was
Ist ihm Karfiol! Was das Transportgeschäft!

I 市の中心地区

特に港湾施設の建設をもくろんでいて
しかもゆっくり時間をかけてやろうというときには。

フレーク　すばらしい、ブッチャー、やつは黄金の価値がある。やつが請合ってくれたら、この件はそれで片が付く。

ただ、やつがわれわれの件を請合ってくれないのだ。

クラーク　やつじゃ無理だ！「市はスープの入った鉢じゃない」とやつは言う。そして「みんなは市のために、市は市自身のために」とくる。ぞっとする。ユーモアのかけらもない。やつは考えをシャツを換えるよりもまれにしか変えない。やつにとって町は人がともに暮らし、わずかな食料のことでつかみ合いの喧嘩を始めるような、木と石の家なんかじゃない。町はどこか無味乾燥な聖書ふうのものなのだ。やつには我慢ならない。われわれと打ち解けたことなんて一度もない！　やつにとってカリフラワーとは何なのだ！　運送業とは何なのだ！

1 City

Seinetwegen kann das Grünzeug dieser Stadt
Verfaulen! Er rührt keinen Finger! Neunzehn
Jahr holt er unsre Gelder in den Wahlfonds.
Oder sind's zwanzig? Und die ganze Zeit
Sah er Karfiol nur auf der Schlüssel! Und
Stand nie in einer einzigen Garage!
BUTCHER
  So ist's.
CLARK
      Zur Höll mit ihm!
BUTCHER
          Nein, nicht zur Höll!
  Zu uns mit ihm!
FLAKE
          Was soll das? Clark sagt klar
Daß dieser Mann uns kalt verwirft.
BUTCHER
              Doch Clark sagt

この町の野菜が腐るかもしれないというのにどこか吹く風だ！　まったく無関心だ！　十九年間選挙資金としてわれわれの金を受け取ってきたのに。それとももう二十年になるかな？　ずっとその間やつは鉢に盛ったカリフラワーしか見たことがない！　そしてガレージには一回たりとも姿を見せたことがないのだ。

ブッチャー　そういうものだ。

クラーク　　　　　　　やつなんか地獄へ行っちまえ！

ブッチャー　　　　　　　　　　　　駄目だ、地獄へなんか！

フレーク　われわれのところへ！　　どういうことだ？　クラークは断言している。あの男はわれわれを冷たく見捨てると。

ブッチャー　　　　　　　　　　　　　　　　　　　だがクラークは

1 City

Auch klar, warum.
CLARK
                    Der Mann weiß nicht, wo Gott wohnt!
BUTCHER
Das ist's! Was fehlt ihm? Wissen fehlt ihm. Dogsborough
Weiß nicht, wie einer sich in unsrer Haut fühlt.
Die Frag heißt also: Wie kommt Dogsborough
In unsre Haut? Was müssen wir tun mit ihm?
Wir müssen ihn belehren! Um den Mann ist's schad.
Ich hab ein Plänchen. Horcht, was ich euch rat!

Eine Schrift taucht auf:
1929–1932. DIE WELTKRISE SUCHTE DEUTSCHLAND GANZ BESONDERS STARK HEIM. AUF DEM HÖHEPUNKT DER KRISE VERSUCHTEN DIE PREUSSISCHEN JUNKER STAATSANLEIHEN ZU ERGATTERN, LANGE OHNE ERFOLG.

I 市の中心地区

理由もはっきり述べている。

クラーク　あの男は神のありかを知らない！

ブッチャー　そこだ！　やつに何が欠けているか？　知識だ。ドグズバローはわれわれのような立場をみんながどう感じているのかわかっていない。だから問題は、どうやってドグズバローをわれわれの立場に立たせるかだ。やつをどう扱えばいいのだろう？　やつには気の毒だが。われわれは教え込まねばならない！　私の助言に耳を貸せ！　私には少し計画していることがある。

（文字が浮かび上がる）

一九二九年から一九三二年。世界恐慌は特に強くドイツを襲った。この恐慌が頂点に達したとき、プロシアのユンカー（土地貴族）は国家の公債（借入金）を巧みに手に入れようともくろんだが、長い間うまくいかなかった。

1a

Vor der Produktenbörse. Flake und Sheet im Gespräch.

SHEET

Ich lief vom Pontius zum Pilatus. Pontius
War weggereist, Pilatus war im Bad.
Man sieht nur noch die Rücken seiner Freunde!
Der Bruder, eh er seinen Bruder trifft
Kauft sich beim Trödler alte Stiefel, nur
Nicht angepumpt zu werden! Alte Partner
Fürchten einander so, daß sie vorm Stadthaus
Einander ansprechen mit erfundenen Namen!
Die ganze Stadt näht sich die Taschen zu.

FLAKE

Was ist mit meinem Vorschlag?

SHEET

      Zu verkaufen?

1a

（農産物の株式市場の前。フレークとシートの会話）[†14]

シート　あちこち無駄に走り回ってしまった。ある者は旅に出ていたし、ほかのある者は入浴中だった。みんな自分の友だちの背中しか見てないなんて！兄は弟に会う前に古道具屋で古い靴を買う。お金をせびり取られないために！　昔の仲間もおたがいにびくびくして、市役所の前では偽名で話しかけている！町全体が財布のひもを締めてしまっている。

フレーク　私の申し出はどうなっている？

シート　会社を売却する話か？

1a Vor der Produktenbörse

Das tu ich nicht. Ihr wollt das Supper für
Das Trinkgeld und dann auch noch den Dank fürs Trinkgeld!
Was ich von euch denk, sag ich besser nicht.
FLAKE
Mehr kriegst du nirgends.
SHEET
                      Und von meinen Freunden
Krieg ich nicht mehr als anderswo, ich weiß.
FLAKE
Das Geld ist teuer jetzt.
SHEET
                 Am teuersten
Für den, der's braucht. Und daß es einer braucht
Weiß niemand besser als sein Freund.
FLAKE
                        Du kannst
Die Reederei nicht halten.

農産物の株式市場の前

フレーク　売りはしないぞ。君たちはチップで夕飯を求め、そのうえチップに対する感謝も要求するなんて！君たちのことをどう考えているかは言わぬが花だ。

フレーク　これ以上高く買うところはないぞ。

シート　それに友だちがほかより多く出すはずがないこともわかっている。

フレーク　お金は今や貴重だ。

シート　お金は、必要な人にとってはいちばん貴重だ。そしてお金が必要なことをお金の友だちほどわかっている者はいない。

フレーク　君は船会社を保持できない。

1a Vor der Produktenbörse

SHEET
       Und du weißt
Ich hab dazu 'ne Frau, die ich vielleicht
Auch nicht mehr halten kann.
FLAKE
       Wenn du verkaufst...
SHEET
Ist's ein Jahr länger. Wissen möcht ich nur
Wozu ihr meine Reederei wollt.
FLAKE
       Daß wir
Im Trust dir helfen wollen könnten, daran
Denkst du wohl gar nicht?
SHEET
       Nein. Das fiel mir nicht ein.
Wo hatt ich meinen Kopf? Daß mir nicht einfiel
Ihr könntet helfen wollen und nicht nur

農産物の株式市場の前

シート　それに知ってのとおり女房もいるのだが、その女房もひょっとすると「保持」できないかもしれない。

フレーク　もし君が会社を売れば…

シート　金は一年は持つ。どうして君たちは私の船会社がほしいのか、知りたいのはただそれだけだ。

フレーク　われわれはトラストで君を援助できるかもしれない。そんなこと君は考えもしなかろう？

シート　ああ。思いも寄らなかった。私から会社を奪い取るだけでなしにトラストで援助することまで君たちが考えていたなんて
何を考えていたのだ？

1a Vor der Produktenbörse

Mir abpressen, was ich habe!
FLAKE
                    Bitterkeit
Gegen jedermann hilft dir nicht aus dem Sumpf.
SHEET
's hilft wenigstens dem Sumpf nicht, lieber Flake!
Vorbei kommen schlendernd drei Männer, der Gangster Arturo Ui, sein Leutnant Ernesto Roma und ein Leibwächter. Ui starrt Flake im Vorbeigehen an, als erwarte er, angesprochen zu werden, und Roma wendet sich böse nach ihm um im Abgehen.
SHEET
Wer ist's?
FLAKE
           Arturo Ui, der Gangster. – Wie
Wenn du an uns verkauftest?
SHEET
                    Er schien eifrig
Mit dir zu sprechen.

1a 農産物の株式市場の前

フレーク 思いも寄らなかった！　誰に対しても

シート そう辛らつじゃ、泥沼から抜け出せないぞ。

フレーク 泥沼から抜け出すのは絶対に無理だ、フレーク！
(三人の男がぶらぶらやって来る。ギャングのアルトゥロ・ウイ、彼の片腕のエルネスト・ローマと二人の用心棒である。ウイは通りすがりにフレークをじっと見つめる。話しかけられるのを待っているかのように。ローマは立ち去るときに振り返って、邪悪な眼差しでフレークを見る)

シート 誰だ？

フレーク アルトゥロ・ウイだ。ギャングの。——ところで　もし君がわれわれに身売りしたら？

シート 君と話したがっているみたいだった。　あいつ、

1a Vor der Produktenbörse

FLAKE *ärgerlich lachend:*
                    Sicher. Er verfolgt uns
    Mit Angeboten, unsern Karfiol
    Mit seinem Browning abzusetzen. Solche
    Wie diesen Ui gibt es jetzt viele schon.
    Das überzieht die Stadt jetzt wie ein Aussatz
    Der Finger ihr und Arm und Schulter anfrißt.
    Woher es kommt, weiß keiner. Jeder ahnt
    Es kommt aus einem tiefen Loch. Dies Rauben
    Entführen, Pressen, Schrecken, Drohn und Schlachten
    Dies »Hände hoch!« und »Rette sich, wer kann!«
    Man müßt's ausbrennen.
SHEET *ihn scharf anblickend:*
                    Schnell. Denn es steckt an.

1a 農産物の株式市場の前

フレーク (腹立たしげに微笑んで) もちろん。やつはわれわれをつけ回して、ピストルに物言わせてわれわれのカリフラワーを大量に販売しようとしているのだ。このウイみたいなやつは今ではそこらじゅう、ごろごろしている。今や疥癬のように伝染して、町中に広がって人々の指やら手やら肩をむしばんでいる。どこから来たのか誰にもわからない。誰もが深い穴から出てきたと感じている。やつらの略奪、誘拐、揺すり、脅し、威嚇に殺しなどとは、それに「手を上げろ!」や「逃げられるなら逃げてみろ!」などの叫びも根絶しないといけない。

シート (フレークを鋭く見つめて) 急げ。伝染するから。

2

Hinterzimmer in Dogsboroughs Gasthof. Dogsborough und sein Sohn spülen Gläser. Auftreten Butcher und Flake.

DOGSBOROUGH

Ihr kommt umsonst! Ich mach's nicht! Er ist fischig
Euer Antrag, stinkend wie ein fauler Fisch.

DER JUNGE DOGSBOROUGH

Mein Vater lehnt ihn ab.

BUTCHER

                Vergiß ihn, Alter!
Wir fragen. Du sagst nein. Gut, dann ist's nein.

DOGSBOROUGH

's ist fischig. Solche Kaianlagen kenn ich.
Ich mach's nicht.

DER JUNGE DOGSBOROUGH

        Vater macht's nicht.

2

（ドグズバローの食堂の裏の部屋。ドグズバローと息子がコップを洗っている。ブッチャーとフレーク登場）

ドグズバロー　来ても無駄だ！　何にもしないから！　うさん臭いんだよ、あんたたちの申請は。腐った魚のような悪臭を発している。

ドグズバロー・ジュニア[15]　おやじは申請を受け入れないよ。

ブッチャー　　　　　　　　忘れてくれ、じいさん！　われわれが尋ねて、あんたがノーという。わかった、駄目なのだな。

ドグズバロー　うさん臭い。こうした港湾建設の内情はわかっている。私はやらんよ。

ドグズバロー・ジュニア　父はやらない。

2 Hinterzimmer in Dogsboroughs Gasthof

BUTCHER
                    Gut, vergiß es.
DOGSBOROUGH
Ich sah euch ungern auf dem Weg. Die Stadt
Ist keine Suppenshüssel, in die jeder
Den Löffel stecken kann. Verdammt auch, euer
Geschäft ist ganz gesund.
BUTCHER
                    Was sag ich, Flake?
Ihr seht zu schwarz?
DOGSBOROUGH
                    Schwarzsehen ist Verrat.
Ihr fallt euch selber in den Rücken, Burschen.
Schaut, was verkauft ihr? Karfiol. Das ist
So gut wie Fleisch und Brot. Und Fleisch und Brot
Und Grünzeug braucht der Mensch. Steaks ohne Zwiebeln
Und Hammel ohne Bohnen und den Gast

ドグズバローの食堂の裏の部屋

ブッチャー　わかった、忘れてくれ。

ドグズバロー　あんたらのやろうとしていることは間違っている。市は誰もがスプーンを突っ込めるようなスープの鉢ではない。いまいましいが、あんたらの商売はまったく健全なのだ。

ブッチャー　君たちは悲観的すぎるのでは？　いいかい、フレーク？

ドグズバロー　悲観的に見るのは裏切りだ。突然自分自身を裏切ることになるのだ、諸君。いいか、君たちは何を売っている？　カリフラワーだ。これは肉やパン同様、いい品だ。それに肉やパン、野菜はみんなが必要としている。玉ねぎなしのステーキやそら豆なしの羊肉を出してみろ、客は

2 Hinterzimmer in Dogsboroughs Gasthof

Seh ich nicht wieder! Der und jener ist
Ein wenig knapp im Augenblick. Er zaudert
Bevor er einen neuen Anzug kauft.
Jedoch, daß diese Stadt, gesund wie je
Nicht mehr zehn Cent aufbrächte für Gemüse 5
Ist nicht zu fürchten. Kopf hoch, Jungens! Was?
FLAKE
's tut wohl, dir zuzuhören, Dogsborough.
's gibt einem Mut zum Kampf.
BUTCHER 10
                        Ich find's fast komisch
Daß wir dich, Dogsborough, so zuversichtlich
Und standhaft finden, was Karfiol angeht.
Denn, gradheraus, wir kommen nicht ohne Absicht.
Nein, nicht mit der, die ist erledigt, Alter. 15
Hab keine Angst. Es ist was Angenehmres.
So hoffen wir zumindest. Dogsborough

ドグズバローの食堂の裏の部屋

二度と来ないぞ！　客の数は今のところちょっぴり少なめだ。まあ新しい背広を買うときには誰だってちゅうちょするものだ。でも、この町は相変わらず健全だし
「野菜に十セント払うのを出し惜しみするのでは？」なんて心配はいらない。元気を出せ、若者！　えっ？

フレーク
君の言うことを聞いていると気持ちいいよ、ドグズバロー。戦う勇気が湧いてくる。

ブッチャー
　　　　　ドグズバロー、カリフラワーについて君がこんなに信頼して、確固とした態度を取っているのを見ると、何だか奇妙な感じがする。というのは、正直言うと、われわれは下心があって来たのだ。いや、あの件じゃない。あれはもう片が付いたよ、じいさん。心配するな。もう少し愉快なことだ。ドグズバロー、少なくともそう願っている。

2 Hinterzimmer in Dogsboroughs Gasthof

Der Trust hat festgestellt, daß eben jetzt
Im Juni zwanzig Jahr vergangen sind
Seit du, ein Menschenalter uns vertraut als
Kantinenwirt in einer unsrer Firmen
Schiedst von uns, dich dem Wohl der Stadt zu widmen. 5
Die Stadt wär ohne dich nicht, was sie ist heut.
Und mit der Stadt wär der Karfioltrust nicht
Was er heut ist. Ich freu mich, daß du ihn.
Im Kern gesund nennst. Denn wir haben gestern
Beschlossen, dir zu diesem festlichen Anlaß 10
Sag als Beweis für unsre hohe Schätzung
Und Zeichen, daß wir uns dir immer noch
Im Herzen irgendwie verbunden fühlen
Die Aktienmehrheit in Sheets Reederei
Für zwanzigtausend Dollar anzubieten. 15
Das ist noch nicht die Hälfte ihres Werts.
Er legt ein Aktienpaket auf den Tisch.

君はわれわれの会社の社員食堂のおやじとして長らくのあいだ、われわれに親しまれてきた。その後、君は町の繁栄のために身を捧げるべくわれわれから去っていった。トラストの確認だとこの六月であれからちょうど二十年になる。町が今日あるのは、君なしには考えられない。それにカリフラワー・トラストが今日あるのも町があってのことだ。君がこのトラストを芯から健全だと言ってくれてうれしい。

われわれは昨日決めたのだ。創業二十年の記念に君への大いなる尊敬の証としてそしていまだにわれわれが心のどこかで君と結ばれていると感じているしるしにシートの船会社の株の過半数を二万ドルで君に提供しようと思う。これは実際の半値以下だ。

（机の上に株券の包みを置く）

2 Hinterzimmer in Dogsboroughs Gasthof

DOGSBOROUGH

Butcher, was soll das?
BUTCHER
                    Dogsborough, ganz offen:
Der Karfioltrust zählt nicht grad besonders
Empfindliche Seelen unter sich, jedoch
Als wir da gestern auf, nun, unsre dumme
Bitt um die Anleih deine Antwort hörten
Ehrlich und bieder, rücksichtslos gerade
Der ganze alte Dogsborough darin
Trat einigen von uns, ich sag's nicht gern
Das Wasser in die Augen. »Was«, sagt' einer
– sei ruhig, Flake, ich sag nicht, wer –, »da sind
Wir ja auf einen schönen Weg geraten!«
's gab eine kleine Pause, Dogsborough.
DOGSBOROUGH

Butcher und Flake, was steckt dahinter?

ドグズバロー　何のまねだ、ブッチャー？

ブッチャー　ドグズバロー、はっきり言おう。

カリフラワー・トラストには、取り立てて感傷的なやつはいないけれど、それでも昨日、市の出資金に関するわれわれの馬鹿願いに対する君の答えを聞いたときわれわれの何人かは、言いたくないけど涙を浮かべていた。正直で誠実な、そしてまさしく容赦ない、昔のままのドグズバローが現れ出ていたからだ。ある人がこう言った。
――安心しろ、フレーク、私は誰とは言っていない――
「われわれはまっとうな道を歩みだしたのだ！」と。
一呼吸置いてからだったけどな、ドグズバロー。

ドグズバロー　ブッチャーにフレーク、何が言いたいのだ？

2 Hinterzimmer in Dogsboroughs Gasthof

BUTCHER
                                Was
  Soll denn dahinterstecken? 's ist ein Vorschlag!
FLAKE
  Und es macht Spaß, ihn auszurichten. Hier
  Stehst du, das Urbild eines ehrlichen Bürgers
  In deiner Kneipe und spülst nicht nur Gläser
  Nein, unsre Seelen auch! Und bist dabei
  Nicht reicher, als dein Gast sein mag. 's ist rührend.
DOGSBOROUGH
  Ich weiß nicht, was ich sagen soll.
BUTCHER
                                Sag nichts.
  Schieb das Paket ein! Denn ein ehrlicher Mann
  Kann's brauchen wie? Verdammt, den ehrlichen Weg
  Kommt wohl der goldene Waggon nicht oft, wie?
  Ja, und dein Junge hier: Ein guter Name

ドグズバローの食堂の裏の部屋

ブッチャー 何が言いたいのか?」って。これは提案だ!「いったい君がいる。君の食堂で正直な市民の典型だった君が。そして君が洗うのはコップばかりじゃない。そうだ、われわれの魂まで洗い清めてくれる! それでも君は君の客よりたぶん豊かじゃない。涙が出るよ。

フレーク そしてその提案をなし遂げたいのだ。ここに

ドグズバロー 何と言っていいのかわからない。

ブッチャー 何も言うな。この包みを取っておいてくれ! だって正直者もそれが必要なことがあるのでは? こんちくしょう、黄金の車はきっとそう頻繁には正しい道に現れないのでは? そうだ、ここにおられる息子さん、立派な名前は

2 Hinterzimmer in Dogsboroughs Gasthof

Heißt's ist mehr als ein gutes Bankbuch wert.
Nun, er wird's nicht verachten. Nimm das Zeug!
Ich hoff, du wächst uns nicht den Kopf für d a s !
DOGSBOROUGH
  Sheets Reederei!
FLAKE
           Du kannst sie sehn von hier.
DOGSBOROUGH *am Fenster:*
  Ich sah sie zwanzig Jahr.
FLAKE
              Wir dachten dran.
DOGSBOROUGH
  Und was macht Sheet?
FLAKE
              Geht in das Biergeschäft.
BUTCHER
  Erledigt?

ドグズバローの食堂の裏の部屋

ドグズバロー　立派な貯金通帳ほどの価値はないと言うことだ。こんなことで息子さんは軽蔑しないだろう。これを受け取れ！このことで君がわれわれをひどく叱責することはないと思うが。

フレーク　シートの船会社を！

ドグズバロー　シートの船会社を！　　船会社ならここから見える。

フレーク　二十年間それを見てきた。

ドグズバロー　（窓辺で）　そうだろうな。

フレーク　シートはどうするのだ？

ドグズバロー　ビール産業に鞍替えだ。

ブッチャー　決まったのか？

2 Hinterzimmer in Dogsboroughs Gasthof

DOGSBOROUGH
    Nun, 's ist alles schön und gut
Mit eurem Katzenjammer, aber Schiffe
Gibt man nicht weg für nichts.
FLAKE
                      Da ist was dran.
's mag sein, daß auch die zwanzigtausend uns
Ganz handlich kämen, jetzt, wo diese Anleih
Verunglückt ist.
BUTCHER
            Und daß wir unsre Aktien
Nicht gern grad jetzt am offnen Markt ausböten...
DOGSBOROUGH
Das klingt schon besser. 's wär kein schlechter Handel.
Wenn da nicht doch einige besondre
Bedingungen daran geknüpft sind...
FLAKE
                    Keine.

ドグズバローの食堂の裏の部屋

ドグズバロー　あんたらは二日酔いですべてがうまく片付く。けれど船はただでは誰も引き取ってくれないぞ。

フレーク　これにはわけがある。二万ドルという金はわれわれにはけっこう手ごろかもしれない。

ブッチャー　それにわれわれの株を今は公然と市場で売りに出したくないし……

ドグズバロー　それなら話は別だ。悪い取引じゃなさそうだ。それにいくつか特別の条件を付けてこないというのなら……

フレーク　何もない。

2 Hinterzimmer in Dogsboroughs Gasthof

DOGSBOROUGH

Für zwanzigtausend sagt ihr?
FLAKE
                    Ist's zuviel?
DOGSBOROUGH

Nein, nein. Es wär dieselbe Reederei
In der ich nur ein kleiner Wirt war. Wenn
Da nicht ein Pferdefuß zum Vorschein kommt...
Ihr habt die Anleih wirklich aufgegeben?
FLAKE
                    Ganz.
DOGSBOROUGH

Möcht ich's fast überdenken. Was, mein Junge
Das wär für dich was! Dachte schon, ihr seid
Verschnupft. Jetzt macht ihr solch ein Angebot!
Da siehst du, Junge, Ehrlichkeit bezahlt sich
Mitunter auch. 's ist wie ihr sagt: der Junge

ドグズバロー　二万と言ったな？

フレーク　　　　　　　　　　　高すぎるのか？

ドグズバロー　いや、とんでもない。その船会社で小さな食堂の主人だったことがある。もし不都合な点が出てこないのなら……出資金のことは本当にあきらめたのか？

フレーク　　　　　　　　　　　まったく。

ドグズバロー　少し考えすぎたかな。わが息子よ、これはおまえにはたいした代物だ！　あんたらが気分を害したと思っていたのだが。こんな申し出をしてくるなんて！　よく見ろ、おまえ、正直は報われるのだ、時には。あんたらの言うとおり、私が死んだらわが息子は

2 Hinterzimmer in Dogsboroughs Gasthof

Hat, wenn ich geh, nicht viel mehr als den guten
Nemen zu erben, und ich sah so viel
Übles verübt aus Not.
BUTCHER
                       Uns wär ein Stein vom Herzen
Wenn du annähmst. Denn zwischen uns wär dann
Nichts mehr von diesem Nachgeschmack, du weißt
Von unserm dummen Antrag! Und wir könnten
In Zukunft hören, was du uns anrätst
Wie auf gerade, ehrliche Art der Handel
Die tote Zeit durchstehen kann, denn dann
Wärst doch auch du ein Karfiolmann. Stimmt's?
Dogsborough ergreift seine Hand.
DOGSBOROUGH

Butcher und Flake, ich nehm's.
DER JUNGE DOGSBOROUGH
                       Mein Vater nimmt's.

2 ドグズバローの食堂の裏の部屋

ブッチャー　申し出を受け入れてくれたら胸のつかえが取れるよ。なぜって、知ってのとおりこの馬鹿な申し出のことでは、われわれの間には後味の悪さなどこれっぽっちもないからだ。われわれは将来、君の忠告を思い起こすかもしれない。正直に嘘なく商売を続けていけば苦しい時期も乗り越えられるってことを。なぜなら君もカリフラワーで生きているからだ。そうだろう？
（ドグズバローはブッチャーの手を握る）

ドグズバロー　ブッチャーにフレーク、申し出を受け入れる。

ドグズバロー・ジュニア　おやじはOKした。

Eine Schrift taucht auf:
UM DEN REICHSPRÄSIDENTEN HINDENBURG FÜR DIE NÖTE DER GUTSBESITZER ZU INTERESSIEREN, MACHTEN SIE IHM EINEN GUTSBESITZ ZUM EHRENGESCHENK.

3

Wettbüro der 122. Straße. Arturo Ui und sein Leutnant, Ernesto Roma, begleitet von den Leibwächtern, hören die Radiorennberichte. Neben Roma Dockdaisy.

ROMA
  Ich wollt, Arturo, du befreitest dich
  Aus dieser Stimmung braunen Trübsinns und
  Untätiger Träumerei, von der die Stadt
  Schon spricht.
UI *bitter:*
              Wer spricht? Kein Mensch spricht von mir
                                      noch.
  Die Stadt hat kein Gedächtnis. Ach, kurzlebig

3

(文字が浮かび上がる)

地主の危機に関心を持ってもらうために、ドイツ帝国大統領ヒンデンブルクにユンカーは名誉表彰の贈り物として地所の一部を贈呈した。

5

(百二十二番街の馬券売り場。アルトゥロ・ウイと彼の片腕エルネスト・ローマが用心棒に護られて登場。ローマの横にドックデージー)

10

ローマ　アルトゥロ、いい加減に「褐色」の憂鬱や怠惰な夢想から解放されたらどうだ。おまえのこうした気分は町のうわさになっているぞ。

15

ウイ　(不機嫌に)　誰がだ？　俺のことを話すやつなどもういない。町の連中は何も覚えていない。ああ、名声も

3 Wettbüro der 122. Straße

Ist hier der Ruhm. Zwei Monate kein Mord, und
Man ist vergessen.
Durchfliegt die Zeitungen.
                      Schweigt der Mauser, schweigt
Die Presse. Selbst wenn ich die Morde liefre 5
Kann ich nie sicher sein, daß was gedruckt wird.
Denn nicht die Tat zählt, sondern nur der Einfluß.
Und der hängt wieder ab von meinem Bankbuch.
Kurz, 's ist so weit gekommen, daß ich manchmal
Versucht bin alles hinzuschmeißen. 10
ROMA
                      Auch
Bei unsern Jungens macht der Bargeldmangel
Sich peinlich fühlbar. Die Moral sinkt ab.
Untätigkeit verdirbt sie mir. Ein Mann 15
Der nur auf Spielkarten schießt, verkommt. Ich geh
Schon nicht mehr gern ins Hauptquartier, Arturo.

3 百三十二番街の馬券売り場

ここではすぐに忘れられる。二ヵ月、殺人がなければみんな忘れ去られる。

（新聞にざっと目を通して）

銃が沈黙すればマスコミも沈黙する。たとえ俺が殺人を犯しても書いてもらえる自信なんてまったくない。重要なのは行為ではなく、影響力だけだからだ。そしてその影響力とやらも預金通帳しだいなのだ。要するに、俺はすべてを投げ出したい気分に時どきなる。

ローマ　　俺たちのところの若い衆も現金が足りないのははっきり感じている。モラルも低下している。怠惰がモラルを駄目にする。トランプのカードしか射撃の的がないやつは落ちぶれる。もう司令部には行きたくないな、アルトゥロ。

3 Wettbüro der 122. Straße

Sie dauern mich. Mein »Morgen geht es los«
Bleibt mir im Hals stecken, wenn ich ihre Blicke seh.
Dein Plan für das Gemüseracket war
So vielversprechend. Warum nicht beginnen?

UI

Nicht jetzt. Nein, nicht von unten. 's ist zu früh.

ROMA

»Zu früh« ist gut! Seit dich der Trust wegschickte
Sitzt du, vier Monate jetzt schon, herum
Und brütest. Pläne! Pläne! Halbherzige
Versuche! Der Besuch beim Trust brach dir
Das Rückgrat! Und der kleine Zwischenfall
In Harpers Bank mit diesem Polizisten
Liegt dir noch in den Knochen!

UI

                  Aber sie schossen!

ROMA

Nur in die Luft! 's war ungesetzlich!

ウイ　哀れな連中だ。「明日には騒ぎが始まるぞ」と得意のセリフをかまししても、その反応にはおまえは驚かされる。八百屋のシンジケートになるというおまえの計画は大いに期待が持てる。どうして始めないのだ？

ローマ　今は駄目だ。下からでは駄目だ。早すぎる。

ウイ　「早すぎる」とはよく言った！　トラストに追い払われてからおまえはもう四ヶ月もぼんやり座って悩み続けている。計画！　計画！　熱の入らない試みだ！　トラスト訪問がおまえの背骨を折ってしまった！　ハーパーの銀行での警官との小競り合いがまだおまえの身体に残っているのだ。

ローマ　空に撃っただけだ！　でも連中が銃を撃ったんだぞ。違法だったからな！

3 Wettbüro der 122. Straße

UI
                    Um
Ein Haar, zwei Zeugen weniger, und ich säße
Im Kittchen jetzt. Und dieser Richter! Nicht
Für zwei Cents Sympathie!
ROMA
               Für Grünzeugläden
Schießt keine Polizei. Sie schießt für Banken.
Schau her, Arturo, wir beginnen mit
Der elften Straße! Fenster eingehaut
Petroleum auf Karfiol, das Mobiliar
Zerhackt zu Brennholz! Und wir arbeiten uns
Hinunter bis zur siebten Straße. Ein
Zwei Tage später tritt Manuele Giri
Nelke im Knopfloch, in die Läden und
Sagt Schutz zu. Zehn Prozent vom Umsatz.
UI
                            Nein

3 百二十二番街の馬券売り場

ウイ　だった。もう二人目撃者が少なければ今ごろは豚箱だったろう。それにあの裁判長！　これっぽっちの好感も持てない！

ローマ　警官は銀行のためには銃を撃つが、八百屋のためには撃たない。見ろよ、アルトゥロ、十一番街から始めよう！　窓ガラスを打ち破ってカリフラワーに石油をぶっかけ、家具を切り刻んで薪にする！　こんな具合に七番街までことを進めていくんだ。そして一、二日あとにマヌエレ・ジーリがボタン穴にカーネーションを挿して、店にやってきて保護を約束する。売り上げの十パーセントで。

ウイ　駄目だ。

間一髪

3 Wettbüro der 122. Straße

Erst brauch ich selber Schutz. Vor Polizei
Und Richter muß ich erst geschützt sein, eh
Ich andre schützen kann. 's geht nur von oben.
Düster.
Hab ich den Richter nicht in meiner Tasche 5
Indem er was von mir in seiner hat
Bin ich ganz machtlos. Jeder kleine Schutzmann
Schießt mich, brech ich in eine Bank, halbtot.
ROMA
Bleibt uns nur Givolas Plan. Er hat den Riecher 10
Für Dreck, und wenn er sagt, der Karfioltrust
Riecht »anheimelnd faul«, muß etwas dran sein. Und
Es war ein Teil Gerede, als die Stadt
Wie's heißt, auf Dogboroughs Empfehlung, damals
Die Anleih gab. Seitdem wird dies und das 15
Gemunkelt über irgendwas, was nicht
Gebaut sein soll und eigentlich sein müßt.

保護が必要なのはまずこの俺だ。他人を保護できるようになるには、まずこっちが警察と裁判官から保護されてないといけない。ことは上からのみ起こる。

（陰鬱に）

裁判官の意のままに動きながら、こちらのほうが裁判官を自分の意のままに動かせなければ俺はまったく無力だ。どんなちっぽけな警官でもこっちに発射してくる。銀行に押し入れば死ぬのが落ちだ。

ローマ

ジボラの計画で行くしかない。やつは臭いものに鼻が利く。それにやつが、カリフラワー・トラストには「昔の腐ったにおいがする」と言うなら、何かありそうだ。

市がドグズバローの推薦を受けて、その当時出資金を供与したということが、うわさとして流れた。それ以来、あれやこれや陰口をたたかれている。本来は工事に入っていなければならないがまだ何にも手をつけられていないだとか。

3 Wettbüro der 122. Straße

Doch andererseits war Dogsborough dafür
Und warum sollt der alte Sonntagsschüler
Für etwas sein, wenn's irgend fischig ist?
Dort kommt ja Ragg vom »Star«. Von solchen Sachen
Weiß niemand mehr als Ragg. He! Hallo, Ted!
RAGG *etwas benommen:*
  Hallo, ihr! Hallo, Roma! Hallo, Ui!
  Wie geht's in Caupa?
UI
                  Was meint er?
RAGG
                      Oh
Nichts weiter, Ui. Das war ein kleiner Ort
Wo einst ein großes Heer verkam. Durch Nichtstun
Wohlleben, mangelnde Übung.
UI
                  Sei verdammt!

3 百二十二番街の馬券売り場

その一方でドグズバローは建設に賛成している。

それにしてもどうしてあの年老いた敬虔な男がどこか腐ったにおいのすることに賛成したのか？ ちょうど赤新聞「星(スター)」のラッグが来た。この手の話をラッグほど知っている人間はいない。おーい！ やあ、テッド！

ラッグ　やあ、みんな！ やあ、ローマ！ やあ、ウイ！ カプアの様子はどうだ？

ウイ　（ちょっとぼっとして）†18　何の話だ？

ラッグ　おー、変わりないよ。ウイ、カプアは小さな町で昔そこで、大軍が全滅したところだ。怠惰や気楽な生活で、訓練もあまりしなかったから。

ウイ　いまいましい！

3 Wettbüro der 122. Straße

ROMA *zu Ragg:*
Kein Streit! Erzähl uns was von dieser Anleih
Für den Karfioltrust, Ted!
RAGG
                      Was schert das euch?
Verkauft ihr jetzt Karfiol? Ich hab's! Ihr wollt
Auch eine Anleih von der Stadt. Fragt Dogsborough!
Der Alte peitscht sie durch.
Kopiert den Alten.
                      »Soll ein Geschäftszweig
Im Grund gesund, jedoch vorübergehend
Bedroht von Dürre, untergehn?« Kein Auge
Bleibt trocken in der Stadtverwaltung. Jeder
Fühlt tief mit dem Karfiol, als wär's ein Stück von ihm.
Ach, mit dem Browning fühlt man nicht, Arturo!
Die anderen Gäste lachen.
ROMA
Reiz ihn nicht, Ted, er ist nicht bei Humor.

ローマ （ラッグに） 喧嘩するな！ カリフラワー・トラストのための出資金の話をしてくれ、テッド！

ラッグ　これからカリフラワーを売るのか？　君たちと何の関係がある？　わかったぞ！　君たちも市の出資金を望んでいるのだな。ドグズバローに聞け！　あの老いぼれなら強引にそれを通させるよ。

（ドグズバローを真似る）「本来は健全だが目下のところ不景気に脅かされているカリフラワー産業を破産させてもいいのか？」市当局は誰にも冷淡ではいられない。誰もが自分のことのようにカリフラワーに思い入れしている。おい、ピストルなんか役にも立たないぞ、アルトゥロ。

（ほかの客は笑う）

ローマ　やつを怒らせるな、テッド、ユーモアがないのだから。

3 Wettbüro der 122. Straße

RAGG

Ich kann's mir denken. Givola, heißt es, war
Schon bei Capone um Arbeit.
DOCKDAISY *sehr betrunken:*
                            Das ist Lüge!
Giuseppe läßt du aus dem Spiel!
RAGG
                          Dockdaisy!
Noch immer Kurzbein Givolas Nebenbraut?
Stellt sie vor.
Die vierte Nebenbraut des dritten Nebenleutnants
Eines
zeigt auf Ui
    schnell sinkenden Sterns von zweiter Größe!
O traurig Los!
DOCKDAISY
                Stopft ihm sein schmutziges Maul, ihr!

ドックデージー（非常に酩酊して）わかるよ。うわさじゃジボラがすでに仕事のことでカポネ親分のところに行っているそうだ。

ラッグ　ジュセッペを巻き込まないで！

ドックデージー　今もまだ短い足のジボラ[19]の妾（めかけ）なのか？　ドックデージー！

ラッグ　（彼女を紹介する）あの（ウイを指す）二流どころの、すぐに落ち目になるスターの三番目の片腕の、四番目の妾だ！嘘よ！

ドックデージー　ああ、哀れな運命だ！

みんな、あいつの汚い口をふさいで！

3 Wettbüro der 122. Straße

RAGG

  Dem Gangster flicht die Nachwelt keine Kränze!
  Die wankelmütige Menge wendet sich
  Zu neuen Helden. Und der Held von gestern
  Sinkt in Vergessenheit. Sein Steckbrief gilbt
  In staubigen Archiven. »Schlug ich nicht
  Euch Wunden, Leute?« – »Wann?« – »Einst!« – »Ach,
                                  die Wunden
  Sind lang schon Narben!« Und die schönsten Narben
  Verlaufen sich mit jenen, die sie tragen!
  »So bleibt in einer Welt, wo gute Taten
  So unbemerkt gehn, nicht einmal von üblen
  Ein kleines Zeugnis?« – »Nein!« – »O faule Welt!«

UI *brüllt auf:*
  Stopft ihm sein Maul!

RAGG *erblassend:*
              He! Keine rauhen Töne

ラッグ 後世の人間はギャングに花輪など編んでくれない！
移り気な大衆は新しいヒーローに目が向く。そして昨日のヒーローは忘れ去られる。その人相書きはほこりまみれのアーカイヴで黄色くなる。「みんな、君たちに傷を負わせたのは私ではなかったのか？」――「いつ？」――「昔！」――「ああ、傷はもうとっくに傷跡になっている！」そしていちばん美しい傷跡はその持ち主たちとともに散り散りに姿を消す！
「善い行いが人知れず消えていく世界では悪い行いもほんのわずかなしるしさえ残さないのか？」――「そうだ！」――「ああ、腐った世界！」

ウイ （吠える）
あいつの口をふさげ！

ラッグ （青ざめて）
おい！ ウイ、マスコミを相手に

3 Wettbüro der 122. Straße

Ui, mit der Presse!
Die Gäste sind alarmiert aufgestanden.
ROMA *drängt Ragg weg:*
     Geh nach Haus, Ted, du
Hast ihm genug gesagt. Geh schnell!
RAGG *rückwärts gehend, jetzt sehr in Furcht:*
         Auf später!
Das Lokal leert sich schnell.
ROMA *zu Ui:*
Du bist nervös, Arturo.
UI
    Diese Burschen
Behandeln mich wie Dreck.
ROMA
       Warum, 's ist nur
Dein langes Schweigen, nichts sonst.
UI *düster:*
      Wo bleibt Giri

3 百二十二番街の馬券売り場

ローマ （客たちは不安になり、立ち上がる）
　　　乱暴な口をきくな！

ラッグ （後ずさりし、今度はすごい恐怖にとらわれ）
　　　（ラッグを押しやる）家に帰れ、テッド、それだけ言えば十分だろう。とっとと帰れ！　じゃ、また！

ローマ （遊技場もすぐに空っぽになる）

ローマ （ウイに）いらいらしてるな、アルトゥロ。

ウイ　俺を汚物のように扱うんだ。

ローマ　　　　　　　あいつらはなぜって、おまえがただ長らく鳴りを潜めていたからだ、ほかには何もない。

ウイ　（陰鬱に）ジーリはどこだ？

3 Wettbüro der 122. Straße

Mit Sheets Kassier, von dem er so viel faselt?
ROMA
Er wollt mit ihm um drei Uhr hier sein.
UI
                       Und
Was ist das mit dem Givola und Capone?
ROMA
Nichts Ernstliches. Capone war bei ihm nur
Im Blumenladen, Kränze einzukaufen.
UI
Kränze? Für wen?
ROMA
          Ich weiß nicht. Nicht für uns.
UI
Ich bin nicht sicher.
ROMA
             Ach, du siehst zu schwarz heut.

ローマ　シートの会計係と一緒にいて、無駄口をたたいていたけど。
　　　　ジーリは会計係とともに三時にここに来たいと言ってたのに。
ウイ
ローマ　ジボラとカポネの件はどうなっているのだ？
ウイ　　ジボラとカポネの件は何もない。カポネがジボラの花屋に来たのは、ただ葬式の花輪を買うためだった。
ローマ　花輪？　誰のために？
ウイ　　知らん。俺たちのためじゃないよ。
ローマ　わからないぞ。
　　　　ああ、おまえ、今日は悲観的すぎるぞ。

3 Wettbüro der 122. Straße

Kein Mensch bekümmert sich um uns.
UI
                              So ist es! Dreck
Behandeln sie mit mehr Respekt. Der Givola
Läuft weg beim ersten Mißerfolg. Ich schwör dir
Ich rechne ab mit ihm beim ersten Erfolg!
ROMA

Giri!
Eintsritt Manuele Giri mit einem heruntergekommen Individuum, Bowl.
GIRI

    Das ist der Mann, Chef!
ROMA *zu Bowl:*
                       Und du bist
Bei Sheet Kassierer, im Karfioltrust?
BOWL
                          War.
War dort Kassierer, Chef. Bis vorige Woche.

3 百二十二番街の馬券売り場

誰も俺たちのことなど気にかけてないよ。

ウイ　　そうだな！　汚物にも
連中はもっと敬意を払ってくれる。ジボラは
最初の失敗で姿を消す。誓って言うが、俺は
最初に成功を収めた時点であいつとは片を付ける！

ローマ　ジーリだ！
ジーリ　（マヌエレ・ジーリが落ちぶれた男ボウルを連れて登場）
ローマ　これがその男だ、ボス！
ボウル　（ボウルに）　じゃ、君が
シートのところの会計係で、カリフラワー・トラストにいる人だな？

そこで会計係だった、ボス。先週まで。いた人だ。

3 Wettbüro der 122. Straße

Bis dieser Hund...
GIRI
                      Er haßt, was nach Karfiol riecht.
BOWL

Der Dogsborough...
UI *schnell:*
                      Was ist mit Dogsborough?
ROMA

Was hattest du zu tun mit Dogsborough?
GIRI

Drum schleif ich ihn ja her!
BOWL
                      Der Dogsborough

Hat mich gefeuert.
ROMA
                      Aus Sheets Reederei?
BOWL

Aus seiner eigenen. Es ist seine, seit

3　百二十二番街の馬券売り場

ジーリ　あの犬のところに……

ボウル　　　　　　　　　　　　この男はカリフラワーのにおいがするものを憎んでいる。

ウイ（急いで）　あのドグズバローが……

ローマ　　　　　　ドグズバローがどうした？

ジーリ　ドグズバローと何があったのだ？

ボウル　わけありだからこの男を引っ張ってきたのだ！

ローマ　　　　　　　　　　　　あのドグズバローが

ボウル　私を首にしたのだ。

ローマ　シートの船会社から？

ボウル　あいつ自身の会社から。九月の

3 Wettbüro der 122. Straße

Anfang September.

ROMA
      Was?

GIRI
         Sheets Reederei
Das ist der Dogsborough. Bowl war dabei
Als Butcher vom Karfioltrust selbst dem Alten
Die Aktienmehrheit überstellte.

UI
        Und?

BOWL
Und 's ist 'ne blutig Schande...

GIRI
         Siehst du's nicht, Chef?

BOWL
...daß Dogsborough die fette Stadtanleih
Für den Karfioltrust vorschlug...

ローマ　はじめから、あいつの会社なんだ。

ジーリ　何だって？

ローマ　ドグズバローのものだ。カリフラワー・トラストのブッチャーがあの老いぼれに株の過半数を譲り渡したときこのボウルが一役買ったのだ。

ウイ　　　それで？

ボウル　これは血まみれのスキャンダルだ……

ジーリ　わかるだろう、ボス？

ボウル　……ドグズバローが相当な額の市の出資金をカリフラワー・トラストに融通したということだ……

3 Wettbüro der 122. Straße

GIRI
                            und geheim
  Selbst im Karfioltrust saß!
UI *dem es zu dämmen beginnt:*
                        Das ist korrupt!
  Bei Gott der Dogsborough hat Dreck am Stecken!
BOWL
  Die Anleih ging an den Karfioltrust, aber
  Sie machten's durch die Reederei. Durch mich.
  Und ich, ich zeichnete für Dogsborough
  Und nicht für Sheet, wie es nach außen aussah.
GIRI
  Wenn das kein Schlager! Der Dogsborough!
  Das rostige alte Aushängeschild! Der biedre
  Verantwortungsbewußte Händedrücker!
  Der unbestechliche wasserdichte Greis!
BOWL
  Ich tränk's ihm ein, mich wegen Unterschleif

ジーリ　ひそかにカリフラワー・トラストに身を置いていた！　しかも自分は

ウイ　（だんだんわかり始めて）

ボウル　確かにドグズバローはすねに傷ある身だ！　　　　　　　　　　収賄だ！

ジーリ　市の出資金はカリフラワー・トラストに行ったけど、船会社を通してだ。私を通して。そして私は、支払いの署名を、帳簿面ではドグズバロー宛にしていて、シート宛にはしていない。

ボウル　これが大芝居でなかったとしたら！　あのドグズバローが！　さび付いた看板のようなあの老いぼれが！　正直で責任感の強いあの外交的な男が！　賄賂の効かない、信頼できるあの老人が！

ジーリ　言うとおりしてきたのに、私は横領の疑いを着せられ

3 Wettbüro der 122. Straße

Zu feuern, und er selber... Hund!
ROMA
                      Nimm's ruhig!
's gibt außer dir noch andere Leute, denen
Das Blut kocht, wenn sie so was hören müssen.
Was meinst du, Ui?
UI *auf Bowl:*
                  Wird er's beschwören?
GIRI
                          Sicher.
UI *groß aufbrechend:*
Haltet ein Aug auf ihn! Komm, Roma! Jetzt
Riech ich Geschäfte!
Er geht schnell ab, von Ernesto Roma und den Leibwächtern gefolgt.
GIRI *schlägt Bowl auf die Schulter:*
                  Bowl, du hast vielleicht
Ein Rad in Schwung gesetzt das...

百二十二番街の馬券売り場

ローマ　首にされた。そしてあいつ自身は……犬だった！　　落ち着け！
こうしたことを聞く羽目になったときは、はらわたが
煮えくり返っているやつがまだほかにもいるってことだ。
どう思う、ウイ？

ウイ　（ボウルに目をやり）　　あいつ、ほんとだって誓うだろうか？

ジーリ　　　　　　　　　　　　　　　　　　　　　　　　　もちろん。

ウイ　（もったいぶって立ち去る際に）
あいつから目を離すな！　来い、ローマ！　さあ
商売のにおいがしてきた！
（エルネスト・ローマや用心棒を従えて、急いで退場）

ジーリ　（ボウルの肩をたたいて）　　ボウル、おまえはひょっとすると
車輪を回転させたかもしれない。車輪は……

BOWL

                        Und betreff
Des Zasters...

GIRI

              Keine Furcht! Ich kenn den Chef,

Eine Schrift taucht auf:
IM HERBST 1932 STEHT DIE PARTEI UND PRIVATARMEE ADOLF HITLERS VOR DEM FINANZIELLEN BANKROTT UND IST VON RASCHER AUFLÖSUNG BEDROHT. VERZWEIFELT MÜHT SICH HITLER, ZUR MACHT ZU KOMMEN. JEDOCH GELINGT ES IHM LANGE NICHT, HINDENBURG ZU SPRECHEN.

4

Dogsboroughs Landhaus, Dogsborough und sein Sohn.

DOGSBOROUGH

  Dies Landhaus hätt ich niemals nehmen dürfen.

4　ドグズバローの別荘

ボウル　件は……　心配するな！　ボスのことはよくわかっているから。　それでお金の

ジーリ

（文字が浮かび上がる）

一九三二年秋、アドルフ・ヒトラーの党と私的な軍隊は財政的破綻に瀕(ひん)し、急速な解散の危機にあった。ヒトラーは絶望しつつ、権力の座に着こうとあがく。しかしヒンデンブルクと話す機会はなかなか訪れなかった。

4

（ドグズバローの別荘。ドグズバローと息子）

ドグズバロー　こんな別荘をもらうんじゃなかった。

4 Dogsboroughs Landhaus

Daß ich mir das Paket halb schenken ließ
War nicht angreifbar.
DER JUNGE DOGSBOROUGH
    Absolut nicht.
DOGSBOROUGH
      Daß
Ich um die Anleih ging, weil ich am eignen Leib
Erfuhr, wie da ein blühender Geschäftszweig
Verkam aus Not, war kaum ein Unrecht. Nur
Daß ich, vertrauend, daß die Reederei was abwürf
Dies Landhaus schon genommen hatte, als
Ich diese Anleih vorschlug, und so insgeheim
In eigner Sach gehandelt hab, war falsch.
DER JUNGE DOGSBOROUGH

 Ja, Vater.
DOGSBOROUGH

   's war ein Fehler oder kann

あの株券を山分けにしたことについては
やましいところはなかった。

ドグズバロー・ジュニア　　　　まったくなかった。

ドグズバロー　　　　　　　　　この目で、
繁盛していたカリフラワー産業が恐慌で落ちぶれていくのを
見たのだ。だから出資金に関わったことだって
不法行為だとはほとんど言えない。
ただ船会社はきっと儲かると信じて
出資金の提案をしたときには、もう別荘を
手に入れていたことや、自分自身の用件を
内密に取り決めたことは間違いだった。

ドグズバロー・ジュニア
　　そうだよ、父さん。

ドグズバロー
　　あれは間違いだった。あるいは

4 Dogsboroughs Landhaus

Als Fehler angesehen werden. Junge, dieses
Landhaus hätt ich nicht nehmen dürfen.
DER JUNGE DOGSBOROUGH
          Nein.
DOGSBOROUGH
 Wir sind in eine Fall gegangen, Sohn.
DER JUNGE DOGSBOROUGH
 Ja, Vater.
DOGSBOROUGH
    Dies Paket war wie des Schankwirts
Salziges Krabbenzeug, im Drahtkorb, gratis
Dem Kunden hingehängt, damit er, seinen
Billigen Hunger stillend, sich Durst anfrißt.
Pause.
DOGSBOROUGH
 Dies Anfrag nach den Kaianlagen im Stadthaus
Gefällt mir nicht. Die Anleih ist verbraucht –

ドグズバロー　間違いと見られても仕方ない。なあ、おまえ、この別荘はもらうんじゃなかったな。

ドグズバロー・ジュニア　そうだね。

ドグズバロー　われわれはわなにかかったんだよ、おまえ。

ドグズバロー・ジュニア　そうだよ、父さん。

ドグズバロー　あの株券は居酒屋のおやじが出す塩辛い小エビのから揚げみたいなものだ。サービスで、針金のかごに入れて。それで安っぽい空腹は収まるが、喉の渇きは増す。

（間）

ドグズバロー　市議会で港湾工事に関して聴聞を受けたのは気に食わない。出資金は使い果たした——

4 Dogsboroughs Landhaus

Clark nahm und Butcher nahm, Flake nahm und Caruther
Und leider Gottes nahm auch ich und noch ist
Kein Pfund Zement gekauft! Das einzige Gute:
Daß ich den Handel auf Sheets Wunsch nicht an
Die große Glock hing, so daß niemand weiß
Ich hab zu tun mit dieser Reederei.
DIENER *tritt ein:*
Herr Butcher vom Karfioltrust an der Leitung!
DOGSBOROUGH

Junge, geh du!
Der junge Dogborough mit dem Diener ab. Man hört Glocken von fern.
DOGSBOROUGH
         Was kann der Butcher wollen?
Zum Fenster hinausblickend.
Es waren die Pappeln, die bei diesem Landsitz
Mich reizten. Und der Blick zum See, wie Silber
Bevor's zu Talern wird. Und daß nicht saurer

クラークがもらい、ブッチャーがもらい、フレークがもらい、キャラザーが。それに至極残念なことに私までも。しかもまだ一ポンドのセメントも買っていない！　唯一の救いはシートが望んだので、この取引については世間に触れ回ってないことだ。だから誰も私がこの船会社と関係を持っていることを知らないのだ。

召使　（登場）

カリフラワー・トラストのブッチャーさまからお電話です。

ドグズバロー　（息子に）

おまえ、出ろ！

（ドグズバロー・ジュニア、召使と退場。遠くから鐘の音）

ドグズバロー　　あのブッチャーが何の用だ？

（窓から外を見て）

この別荘にいて心がかき立てられるのはポプラの木々だ。それに湖の眺めだ。ターレル銀貨になる前の銀のような輝きだ。

4 Dogsboroughs Landhaus

Geruch von altem Bier hier hängt. Die Tannen
Sind auch gut anzusehn, besonders die Wipfel.
Es ist ein Graugrün. Staubig. Und die Stämme
Von der Farb des Kalblenders, das man früher beim
                                                   Abzapfen
Am Faß verwandte. Aber den Ausschlag gaben
Die Pappeln. Ja, die Pappeln waren's. Heut
Ist Sonntag. Hm. Die Glocken klängen friedlich
Wär in der Welt nicht so viel Menschenbosheit.
Was kann der Butcher heut, am Sonntag, wollen?
Ich hätt dies Landhaus...
DER JUNGE DOGSBOROUGH *zurück:*
                      Vater, Butcher sagt
Im Stadthaus sei heut nacht beantragt worden
Den Stand der Kaianlagen des Karfioltrusts
Zu untersuchen! Vater, fehlt dir was?
DOGSBOROUGH

Meinen Kampfer!

それに古いビールのすっぱいにおいもしない。モミの木の眺めもいい。特にこずえが。灰色がかった緑色で、くすんでいる。木の幹は子牛の皮の色をしている。昔はビヤ樽からビールを注ぐときこの皮を使ったものだ。そう、ポプラがすべてだった。今日はポプラだった。ふん。この世にこうも人間の悪がはびこっていなければ鐘の音も平和に響くはずだ。日曜だと言うのに、ブッチャーは何の用だ？
私はやはりこの別荘を……

ドグズバロー・ジュニア（戻ってきて）　父さん、ブッチャーが言うには市議会で今晩、カリフラワー・トラストの港湾工事の進行状況を調査することが提案されるのだって！　父さん、気分でも悪いの？

ドグズバロー　カンフル剤を！

4 Dogsboroughs Landhaus

DER JUNGE DOGSBOROUGH *gibt ihm:*
>Hier!

DOGSBOROUGH
>>Was will der Butcher machen?

DER JUNGE DOGSBOROUGH
Herkommen.

DOGSBOROUGH
>Hierher? Ich empfang ihn nicht.
Ich bin nicht wohl. Mein Herz.
Er steht auf. Groß.
>>Ich hab mit dieser
Sach nichts zu tun. Durch sechzig Jahre war
Mein Weg ein grader und das weiß die Stadt.
Ich hab mit ihren Schlichen nichts gemein.

DER JUNGE DOGSBOROUGH
Ja, Vater. Ist dir besser?

DER DIENER *zurück:*
>Ein Herr Ui

ドグズバローの別荘

ドグズバロー・ジュニア (渡す) これ！

ドグズバロー　　　　　　ブッチャーはどうするつもりだ？

ドグズバロー・ジュニア　こっちへ来る。

ドグズバロー　　（立ち上がる。もったいぶって）

調子がよくない。心臓が。

ここへ？　やつには会わないぞ。いっさい関係がない。六十年間ずっとまっすぐに歩いてきた。それはみんな知っている。私は連中の策謀とは無関係だ。

ドグズバロー・ジュニア　もちろんだ。よくなった？

召使（戻ってくる）　ウイさんが

4 Dogsboroughs Landhaus

Ist in der Halle.
DOGSBOROUGH
         Der Gangster!
DER DIENER
                  Ja. Sein Bild
War in den Blättern. Er gibt an, Herr Clark
Vom Karfioltrust habe ihn geschickt.
DOGSBOROUGH
Wirf ihn hinaus! Wer schickt ihn? Herr Clark? Zum Teufel
Schickt er mir Gangster auf den Hals? Ich will...
Eintreten Arturo Ui und Ernesto Roma.
UI
Herr Dogsborough.
DOGSBOROUGH
            hinaus!
ROMA
                Nun, nun! Gemütlich!

4 ドグズバローの別荘

ドグズバロー　玄関でお待ちです。

ドグズバロー　あのギャングが！

召使　はい。顔は新聞の写真で知っていました。カリフラワー・トラストのクラークさんに言われて来たとのことです。

ドグズバロー　放り出せ！　誰がやつを寄こした？　クラークだって？　ちくしょう、ギャングを押しつけてきたのか？　私だって…

(アルトゥロ・ウイとエルネスト・ローマが登場)

ウイ　ドグズバローさん。

ドグズバロー　出ていけ！

ローマ　まあ、まあ！　穏やかに！

4 Dogsboroughs Landhaus

  Nichts Übereiltes! Heut ist Sonntag, was?
DOGSBOROUGH
  Ich sag: Hinaus!
DER JUNGE DOGSBOROUGH
              Mein Vater sagt: Hinaus!
ROMA
  Und sagt er's nochmals, ist's nochmals nichts Neues.
UI *unbewegt:*
  Herr Dogsborough.
DOGSBOROUGH
              Wo sind die Diener? Hol
Die Polizei!
ROMA
              Bleib lieber stehn, Sohn! Schau
Im Flur, mag sein, sind ein paar Jungens, die
Dich mißverstehen könnten.
DOGSBOROUGH
              So, Gewalt.

ドグズバロー　軽率な振る舞いはやめろ！　今日は日曜でしたっけ？

ドグズバロー・ジュニア　　父は出ていけと言ってるのです。

ドグズバロー　出ていけと言ってるのだ！

ローマ　何度言われても、どうと言うことはない。

ウイ　（動じずに）ドグズバローさん。

ドグズバロー　　　　召使はどこだ？　警察を呼べ！

ローマ　息子さんはここにいたほうがいい！　廊下を見ろ。若い衆が二、三人いるはずだ。連中は君のことを誤解するかもしれない。

ドグズバロー　　　　なるほど、暴力か。

4 Dogsboroughs Landhaus

ROMA

    Oh, nicht Gewalt! Nur etwas Nachdruck, Freund.
    Stille.

UI

    Herr Dogsborough. Ich weiß, Sie kennen mich nicht.   5
    Oder nur vom Hörensagen, was schlimmer ist.
    Herr Dogsborough, Sie sehen vor sich einen
    Verkannten Mann. Sein Bild geschwärzt von Neid
    Sein Wollen entstellt von Niedertracht. Als ich
    Vor nunmehr vierzehn Jahren als Sohn der Bronx und   10
    Einfacher Arbeitsloser in dieser Stadt
    Meine Laufbahn anfing, die, ich kann es sagen
    Nicht ganz erfolglos war, hatt ich um mich nur
    Sieben brave Jungens, mittellos, jedoch
    Entschlossen wie ich, ihr Fleisch herauszuschneiden   15
    Aus jeder Kuh, die unser Herrgott schuf.
    Nun, jetzt sind's dreißig, und es werden mehr sein.

ローマ 暴力だなんて！　ちょっと調子を強めただけだ。

ウイ　（静寂）

ドグズバローさん。なるほどあなたは私をご存じない。あるいはうわさに聞いただけ。こっちのほうがなお悪い。ドグズバローさん、あなたの前にいるのは見損なわれた男。そのイメージは嫉妬で汚され、その意思は卑劣な行為でゆがめられている。もう十四年前になるが、私は下町ブロンクスの息子として、そしてしがない失業者として、この町で渡世を歩み始めた。当時まったくうまくいかなかったわけじゃないが、私の周りには七人のまっとうな若い衆しかいなかった。運中、金はないが、神さまが創った牡牛から肉を切り取る覚悟は、私同様できていた。今やそれが三十人に。しかもまだ増えていってる。

4 Dogsboroughs Landhaus

Sie werden fragen: Was will Ui von mir?
Ich will nicht viel. Ich will nur eines: nicht
Verkannt sein! Nicht als Glücksjäger, Abenteurer
Oder was weiß ich betrachtet werden!
Räuspern.
Zu mindest nicht von einer Polizei
Die ich stets schätzte. Drum steh ich vor Ihnen
Und bitt Sie – und ich bitt nicht gern –, für mich
Ein Wörtlein einzulegen, wenn es not tut
Bei der Polizei.
DOGSBOROUGH *ungläubig:*
        Sie meinen, für Sie bürgen?
UI
Wenn es not tut. Das hängt davon ab, ob wir
Im guten auskommen mit den Grünzeughändlern.
DOGSBOROUGH
Was haben Sie im Grünzeughandel zu schaffen?

「ウイは私に何の用だ?」とあなたは聞くかもしれない。多くは求めない。望むはただ一つ、見損なわないでくれってこと! 一攫千金を夢見る山師だなどと思われたくない。まあ好きなように思えばいいが!

(咳ばらいをする)

少なくともいつも敬意を払っている警察からはそう思われたくない。だからこうしてあなたの前に現れて頼んでいるのだ——人に頭を下げるのはいやだが——必要とあらば、警察に私のことをうまく取りなしてくれ。

ドグズバロー (疑わしげに) 　保証人になれと言うのか?

ウイ　必要とあらばだ。それは八百屋とうまくやっていけるかどうかにかかっている。

ドグズバロー　八百屋と何を始めようっていうのだ?

4 Dogsboroughs Landhaus

UI
Ich komm dazu. Ich bin entschlossen, ihn
Zu schützen. Gegen jeden Übergriff.
Wenn's sein muß, mit Gewalt.
DOGSBOROUGH
                    Soviel ich weiß
Ist er bis jetzt von keiner Seit bedroht.
UI
Bis jetzt. Vielleicht. Ich sehe aber weiter
Und frag: wie lang? Wie lang in solcher Stadt
Mit einer Polizei, untüchtig und korrupt
Wird der Gemüsehändler sein Gemüse
In Ruh verkaufen können? Wird ihm nicht
Vielleicht schon morgen früh sein kleiner Laden
Von ruchloser Hand zerstört, die Kass geraubt sein?
Wird er nicht lieber heut schon gegen kleines Entgelt
Kräftigen Schutz genießen wollen?

ウイ　その件で来たのだ。八百屋を護ることに決めた。あらゆる攻撃から護る。やむを得ぬ場合には、暴力ででも。

ドグズバロー　今まではどこからも脅されていないようだが。

ウイ　今までは。おそらく。でもこれからのことを考えると疑わしい。私の知る限りではどれくらい続くのか？　役立たずで、腐敗した警察のいるこんな町で八百屋が自分の野菜をどれくらい長く安心して売ることができるのか？　明日の朝にはもう自分の小さな店が極悪非道の連中の手で破壊され金庫を奪われているのではないだろうか？　だったら今日のうちにわずかな報酬を支払ってがっちり護ってもらうほうがいいのでは？

4 Dogsboroughs Landhaus

DOGSBOROUGH
                          Ich
  Denk eher: nein.
UI
                 Das würd bedeuten, daß er
  Nicht weiß, was für ihn gut ist. Das ist möglich.
  Der kleine Grünzeughändler, fleißig, aber
  Beschränkt, oft ehrlich, aber selten weitblickend
  Braucht starke Führung. Leider kennt er nicht
  Verantwortung dem Trust gegenüber, dem
  Er alles verdankt. Auch hier, Herr Dogsborough
  Setzt meine Aufgab ein. Denn auch der Trust
  Muß heut geschützt sein. Weg mit faulen Zahlern!
  Zahl oder schließ den Laden! Mögen einige
  Schwache zugrund gehen! Das ist Naturgesetz!
  Kurz, der Karfioltrust braucht mich.
DOGSBOROUGH
                              Was geht mich

4 ドグズバローの別荘

ドグズバロー　むしろいらないと思う。

ウイ　　　　　私は自分のためになるっていうことがわかっていないみたいだ。よくある話だ。小さな八百屋は勤勉だけれど、融通が利かないしたいがい正直だけど、先を見る目がない。こういうやつらには強力な指導が必要だ。すべてトラストのおかげなのにトラストに対する責任感がまるでない。ドグズバローさん、ここにまず果たすべき私の課題がある。だってトラストも今日では護ってやらねばならないからだ。期限を守らない支払人とはおさらばだ！払うか、さもなくば店を閉めるかだ！　弱い者は淘汰(とうた)されればいい！　これが自然の法則だ！

ドグズバロー　　　　　　　　　　　　　　私と要するにカリフラワー・トラストは私が必要なのだ。

4 Dogsboroughs Landhaus

Der Karfioltrust an? Ich denk, Sie sind mit Ihrem
Merkwürdigen Plan an falscher Stelle, Mann.
UI
   Darüber später. Wissen Sie, was Sie brauchen?
   Sie brauchen Fäuste im Karfioltrust! Dreißig 5
   Entschlossene Jungens unter meiner Führung!
DOGSBOROUGH
   Ich weiß nicht, ob der Trust statt Schreibmaschinen
   Thompsonkanonen haben will, doch ich
   Bin nicht im Trust. 10
UI
                Wir reden davon noch.
Sie sagen: dreißig Männer, schwer bewaffnet
Gehn aus und ein im Trust. Wer bürgt uns da
Daß nicht uns selbst was zustößt? Nun, die Antwort 15
Ist einfach die: Die Macht hat stets, wer zahlt.
Und wer die Lohntüten ausstellt, das sind Sie.

カリフラワー・トラストとはどんな関係がある？　あんたの奇妙な計画を持ち込むのは場違いのようだぞ、なあ。

ウイ

　それについては後で。あなたは何が必要かわかっているのか？　カリフラワー・トラストであなたには護衛が必要だ！　私が導く三十人の決然たる若い衆がそれだ！

ドグズバロー

　トラストがタイプライターの代わりにトンプソン式機関銃を必要としているかどうかはわからないが、とにかく私はトラストの人間じゃない。

ウイ

　もう少しそのことについて話をしよう。「三十人の重装備した男たちがトラストに出入りする。われわれ自身の身に何も起こらないと保証できるか？」って。なあに、答えは簡単、こうだよ。「金を払う者が常に権力を持つ。そして給料袋を渡すのはあなた」というわけだ。

4 Dogsboroughs Landhaus

Wie könnt ich jemals gegen Sie ankommen?
Selbst wenn ich wollte und Sie nicht so schätzte
Wie ich es tu, Sie haben mein Wort dafür!
Was bin ich schon? Wie groß ist schon mein Anhang?
Und wissen Sie, daß einige bereits abfallen? 5
Heut sind's noch zwanzig, wenn's noch zwanzig sind!
Wenn Sie mich nicht retten, bin ich aus. Als Mensch
Sind Sie verpflichtet, heute mich zu schützen
Vor meinen Feinden und, ich sag's wie's ist
Vor meinen Anhängern auch! Das Werk von vierzehn Jahren 10
Steht auf dem Spiel! Ich rufe Sie als Mensch an!
DOGSBOROUGH
So hören Sie, was ich als Mensch tun werd:
Ich ruf die Polizei.
UI 15
                Die Polizei?
DOGSBOROUGH
Jawohl, die Polizei.

いつの日かあなたに対抗できるようになるだろうか？　到底無理だ！　たとえ私がそれを望んだとしても。そして信頼を得ようと必死になるほど、あなたがご立派な人間でなかったとしても。
　今の私は？　どれくらいの取り巻きがいるのか？　すでに何人が脱落しているのは知っているだろう？　今日はまだ二十人いる。欠けずにいたらの話だが！
　あなたには救ってもらわないと、おしまいだ。
　あなたには人間として今日、私を敵どもから護る義務がある。現状を申し上げると、取り巻きからも護ってもらわなければ！　十四年間の仕事が危機に瀕している！　人間と見込んでお願いしているのだ！

ドグズバロー　だったら人間として私が何をするかを教えてやろう。警察を呼ぶ。

ウイ　　　警察を？

ドグズバロー　そうだ、警察だ。

4 Dogsboroughs Landhaus

UI
                Heißt das, Sie weigern
Sich, mir als Mensch zu helfen?
Brüllt.
                        Dann verlang ich's
Von Ihnen als einem Verbrecher! Denn das sind Sie!
Ich werd Sie bloßstellen! Die Beweise hab ich!
Sie sind verwickelt in den Kaianlagen –
skandal, der jetzt heraufzieht! Sheets Reederei
Sind Sie! Ich warn Sie! Treiben Sie mich nicht
Zum Äußersten! Die Untersuchung ist
Beschlossen worden!
DOGSBOROUGH *sehr bleich:*
                Sie wird niemals stattfinden!
Meine Freunde...
UI
        Haben Sie nicht! Die hatten Sie gestern.

ウイ　私を人間と見込んで助けることは拒否するということか？

（大声でわめく）　　　ならば犯罪者としてのあなたに要求しよう！　というのはあなたは犯罪者だからだ。あなたのことを暴露してやる！　証拠は握っている！　あなたは港湾工事のスキャンダルに絡んでいるのだ。これから徐々に明るみにでるぞ！　シートの船会社を握っているのはあなただ！　警告する！　私を自暴自棄にさせないでくれ！　捜査が行なわれることが決定したのだ！

ドグズバロー（真っ青になる）　そんなこと絶対にさせないぞ！

ウイ　友だちが……

　　　　　友だちなんかいない！　過去の話だ。

4 Dogsboroughs Landhaus

Heut haben Sie keinen Freund mehr, aber morgen
Haben Sie nur Feinde. Wenn Sie einer rettet
Bin ich's! Arturo Ui! Ich! Ich!
DOGSBOROUGH
                         Die Untersuchung
Wird es nicht geben. Niemand wird mir das
Antun. Mein Haar ist weiß...
UI
                         Doch außer Ihrem Haar
Ist nichts an Ihnen weiß. Mann! Dogsborough!
Versucht, seine Hand zu ergreifen.
Vernunft! Nur jetzt Vernunft! Lassen Sie sich retten
Von mir! Ein Wort von Ihnen und ich schlag
Einen jeden nieder, der Ihnen nur ein einziges
Haar krümmen will! Dogsborough, helfen Sie
Mir jetzt, ich bitt Sie, einmal! Nur einmal!
Ich kann nicht mehr vor meine Jungens, wenn

今日ではもう友だちなんかいない。明日になればいるのは敵ばかり。あなたを救える人間がいるとすればそれは私だ！　アルトゥロ・ウイ！　私だ！　私だよ！

ドグズバロー　　　　　　　　　　　　　　捜査など行なわれはしない。私に対してそんなことするやつなんていない。私の髪は白い……

ウイ　　　　　　　　　　でもその白い髪以外に白いところはないじゃないか、あなた！　ドグズバロー！（ドグズバローの手を握ろうとする）冷静に！　今こそ冷静に！　私にあなたを救わせてくれ！　一言言ってもらえれば、あなたにちょっとでも害を加えようとするやつは、みんな片っ端からやっつけてやる！　ドグズバロー、さあお願いだから一度私を助けてくれ！　一度でいいから！　あなたと折り合いがつかないと

4 Dogsboroughs Landhaus

Ich nicht mit Ihnen übereinkomm!
Er weint.
DOGSBOROUGH
                              Niemals!
Bevor ich mich mit Ihnen einlaß, will ich
Lieber zugrund gehn!
UI
                    Ich bin aus. Ich weiß es.
Ich bin jetzt vierzig und bin immer noch nichts!
Sie müssen mir helfen!
DOGSBOROUGH
              Niemals!
UI
                         Sie, ich warn Sie!
Ich werde Sie zerschmettern!
DOGSBOROUGH
                    Doch solang ich

ドグズバロ―の別荘

ドグズバロ―　若い衆に顔を合わせられないのだ！
（彼は泣く）

ウイ　あなたと関わりを持つぐらいなら、破滅したほうがまだましだ！

ドグズバロ―　私はもう終わりだ。わかっている。あなたの助けが必要だ！四十歳にもなって、まだこのざまだ！

ウイ　絶対いやだ！絶対駄目だ！

ドグズバロ―　あなたを粉々にしてやる！いいか、警告する！でも私の目の黒いうちは

4 Dogsboroughs Landhaus

Am Leben bin, kommen Sie mir niemals, niemals
Zu Ihrem Grünzeugracket!
UI *mit Würde:*
        Nun, Herr Dogsborough
Ich bin erst vierzig, Sie sind achtzig, also
Werd ich mit Gottes Hilf Sie überleben!
Ich weiß, ich komm in den Grünzeughandel!
DOGSBOROUGH
           Niemals!
UI
Roma, wir gehn.
Er verbeugt sich formell und verläßt mit Ernesto Roma das Zimmer.
DOGSBOROUGH
     Luft! Was für eine Fresse!
Ach, was für eine Fresse! Nein, dies Landhaus
Hätt ich nicht nehmen dürfen! Aber sie werden's
Nicht wagen, da zu untersuchen. Sonst

ドグズバロー　私を八百屋のギャング団の味方にすることはできない！絶対に、絶対に無理だ！

ウイ　（威厳を持って）　いいか、ドグズバローさん、私はやっと四十、あなたは八十、だから神のご加護で私のほうが長生きする！私は八百屋の商売に関わっていく！

ドグズバロー　絶対無理だ！

ウイ　ローマ、行くぞ。

（形式的にお辞儀をし、エルネスト・ローマとともに部屋をあとにする）

ドグズバロー　空気を入れ替えろ！　何て口の利き方だ！え、何て口の利き方だ！　駄目だ、この別荘はもらうんじゃなかった！　でも連中がここまで捜査することはないだろう。そうなれば

4 Dogsboroughs Landhaus

Wär alles aus! Nein, nein, sie werden's nicht wagen.
DER DIENER *herein:*
Goodwill und Gaffles von der Stadtverwaltung!
Auftreten Goodwill und Gaffles.
GOODWILL

Hallo, Dogsborough!
DOGSBOROUGH

      Hallo, Goodwill und Gaffles!
Was Neues?
GOODWILL

    Und nichts Gutes, fürcht ich. War
Das nicht Arturo Ui, der in der Hall
An uns vorüberging?
DOGSBOROUGH *mühsam lachend:*

      Ja, in Person.
Nicht grad'ne Zierde in 'nem Landhaus!
 GOODWILL

        Nein.

ドグズバローの別荘

すべておしまいだ！ とんでもない、そんなことはない。

召使 (入ってくる)
　市役所からグッドウィルとギャッフルズが来られました。

(グッドウィルとギャッフルズが登場)

グッドウィル　ハロー、ドグズバロー！

ドグズバロー　ハロー、グッドウィル！

グッドウィル　何か新しいことでも？

ドグズバロー　たぶん、いいことじゃない。ところで玄関でわれわれとすれ違ったのは、アルトゥロ・ウイじゃなかったか？

グッドウィル (作り笑いをして) そうだ、ご本人さまだ

ドグズバロー　この別荘じゃ、必ずしも名誉なことではない！

グッドウィル　そうだな。

4 Dogsboroughs Landhaus

Nicht grad 'ne Zierde! Nun, kein guter Wind
Treibt uns heraus zu dir. Es ist die Anleih
Des Karfioltrusts für die Kaianlagen.
DOGSBOROUGH *steif:*
  Was mit der Anleih?
GAFFLES
               Nun, gestern im Stadthaus
Nannten sie einige, jetzt werd nicht zornig
Ein wenig fischig.
DOGSBOROUGH
       Fischig.
GOODWILL
              Sei beruhigt!
Die Mehrheit nahm den Ausdruck übel auf.
Ein Wunder, daß es nicht zu Schlägerein kam!
GAFFLES
Verträge Dogsboroughs fischig! wurd geschrien.

ドグズバロー　必ずしも名誉じゃない！　ところでよからぬ風の吹き回しで君のところへ出かけてくる羽目になった。例の港湾工事のためのカリフラワー・トラストへの出資金のことでだ。

ドグズバロー　（かたくなに）出資金のことだって？

ギャッフルズ　　　　昨日、市議会で……

ドグズバロー　ちょっと臭いというのだ。

グッドウィル　何人かの名前が挙がった。怒らないでくれ。

ドグズバロー　　　臭い。

グッドウィル　落ち着け！

ギャッフルズ　大多数の人間はこれを聞いて気分を害した。殴り合いにならなかったほうが不思議だ！

「ドグズバローの契約は臭いぞ！」と誰かが叫んだ。

4 Dogsboroughs Landhaus

Und was ist mit der Bibel? Die ist wohl
Auch fischig plötzlich! 's wurd fast eine Ehrung
Für dich dann, Dogsborough! Als deine Freunde
Sofort die Untersuchung forderten
Fiel, angesichts unseres Vertrauns, doch mancher 5
Noch um und wollte nichts mehr davon hören.
Die Mehrheit aber, eifrig, deinen Namen
Auch nicht vom kleinsten Windhauch des Verdachts
Gerührt zu sehn, schrie: Dogsborough, das ist
Nicht nur ein Name und nicht nur ein Mann 10
's ist eine Institution! Und setzte tobend
Die Untersuchung durch.
DOGSBOROUGH
     Die Untersuchung.
GOODWILL 15
O'Casey führt sie für die Stadt. Die Leute
Vom Karfioltrust sagen nur, die Anleih

「それなら聖書はどうだ？ 聖書だってやはり突然臭くなる！」 それからみんな君の栄誉を称えだした、ドグズバロー！ 君の友だちがただちに捜査することを要求したときにわれわれの信頼を目の当たりに見て、かなりの人が突然考えを変えて、尋問の打ち切りを望んだ。
しかし大半は、君の名前がちょっとでも疑いの風にさらされるのがいやで熱心に叫んだ。「ドグズバロー、それはな、ただの名前じゃない、ただの男でもない、一つの象徴なのだ」と。そして荒れ狂って捜査案を通過させた。

ドグズバロー

　　　　　　　捜査を。

グッドウィル

オケーシーが市のために捜査にあたる。カリフラワー・トラストの連中はただ、あの出資金は

4 Dogsboroughs Landhaus

Sei direkt an Sheets Reederei gegeben
Und die Kontrakte mit den Baufirmen waren
Von Sheets Reederei zu tätigen.
DOGSBOROUGH
         Sheets Reederei.
GOODWILL
Am besten wär's, du schicktest selbst 'nen Mann
Mit gutem Ruf, der dein Vertrauen hat
Und unparteiisch ist, hineinzuleuchten
In diesen dunklen Rattenkönig.
DOGSBOROUGH
         Sicher.
GAFFLES
So ist's erledigt, und jetzt zeig uns dein
Gepriesnes neues Landhaus, Dogsborough
Daß wir was zu erzählen haben!
DOGSBOROUGH
         Ja.

ドグズバロー　　直接シートの船会社に渡ったと言っている。そして建設会社との契約はシートの船会社によって結ぶことができたと。

ドグズバロー　　シートの船会社。

グッドウィル　　いちばんいいのは、君から信頼を得ており党派にも偏らない評判のいい男を君が自分で送り込んで、この黒い霧事件をはっきりさせることだろう。

ドグズバロー　　確かに。

ギャッフルズ　　これで話はついた。さあ今度はみんながほめ称える君の新しい別荘を見せてもらいたい、ドグズバロー。われわれの話の種になるように！

ドグズバロー　　いいとも。

4 Dogsboroughs Landhaus

GOODWILL

Friede und Glocken! Was man wünschen kann!
GAFFLES *lachend:*
Und keine Kaianlag!
DOGSBOROUGH

     Ich sick den Mann!
Sie gehen langsam hinaus.

Eine Schrift taucht auf:
IM JANUR 1933 VERWEIGERTE DER REICHSPRÄSIDENT HINDENBURG MEHRMALS DEM PARTEIFÜHRER HITLER DEN REICHSKANZLERPOSTEN. JEDOCH HATTE ER DIE DROHENDE UNTERSUCHUNG DES SOGENANNTEN OSTHILFESKANDALS ZU FÜRCHTEN. ER HATTE AUCH FÜR DAS IHM GESCHENKTE GUT NEUDECK STAATSGELDER GENOMMEN UND SIE NICHT DEN ANGEGEBENEN ZWECKEN ZUGEFÜHRT.

4 ドグズバローの別荘

グッドウィル　平和な鐘の音！誰もが望んでいる！

ギャッフルズ（笑いながら）　港湾施設はもうごめんだ！

ドグズバロー　そういう男を送るぞ！

（彼らはゆっくり出ていく）

（文字が浮かび上がる）

一九三三年一月、帝国大統領ヒンデンブルクは党総統ヒトラーに対して帝国宰相の地位を与えることを何度も拒否した。しかしヒンデンブルクはいわゆる東部救済事業に関して捜査をすると脅され、おびえた。彼はまた自分に寄贈されたノイデックの地所のために公的援助金を受け取り、申告した目的のためにそのお金を使わなかった。

5

*Stadthaus. Butcher, Flake, Clark, Mulberry, Caruther,
Gegenüber neben Dogsborough, der kalkweiß ist, O'Casey,
Gaffles und Goodwill. Presse.*

BUTCHER *leise:*
  Er bleibt lang aus.
MULBERRY
              Er kommt mit Sheet. Kann sein
  Sie sind nicht übereins. Ich denk, sie haben
  Die ganze Nacht verhandelt. Sheet m u ß aussagen
  Daß er die Reederei noch hat.
CARUTHER
              Er ist für Sheet
  Kein Honiglecken, sich hierherzustellen
  Und zu beweisen, daß nur er der Schurk ist.

5

（市議会。プッチャー、フレーク、クラーク、マルベリー、キャラザー、ズバロー、その横にオケーシー、ギャッフルズ、グッドウィル。報道陣）彼らと向かい合って真っ青なドグ

プッチャー　（小声で）
なかなか姿を現さないな。

マルベリー　シートと一緒に来る。二人の意見がまとまらないのかもしれない。夜を徹して話し合ったと思うよ。シートは船会社はまだ自分のものだと言うに違いない。

キャラザー　シートからすればここに出頭して、自分だけが悪者だと立証するのはとてもつらいことだ。

5 Stadthaus

FLAKE

Sheet macht es nie.

CLARK

    Er muß.

FLAKE

      Warum soll er
Fünf Jahr Gefängnis auf sich nehmen?

CLARK

          's ist
Ein Haufen Geld und Mabel Sheet braucht Luxus.
Er ist noch heut vernarrt in sie. Er macht's.
Und was Gefängnis angeht: Er wird kein
Gefängnis sehn. Das richtet Dogsborough.
Man hört Geschrei von Zeitungsjungen, und ein Reporter
bringt ein Blatt herein.

GAFFLES

Sheet ist tot aufgefunden. Im Hotel.
In seiner Westentasche ein Billett nach Frisco.

フレーク　シートはここには絶対に来ない。

クラーク　来ざるを得ない。

フレーク　どうしてやつは懲役五年の罪をかぶらないといけないのだ？

クラーク　そりや、お金を積まれたからだ。メーブル・シートにはぜいたくが必要だ。今だってぜいたくに夢中なんだから。やつはここに来る。それに監獄のことなら、やつはうまくやってくれる。監獄を見ないで済む。ドグズバローがうまくやってくれる。

（新聞売りの少年の叫び声が聞こえる。新聞記者が新聞を持ってくる）

ギャッフルズ　シートが死体で発見された。ホテルで。チョッキのポケットからはサンフランシスコ行きの切符が。

5 Stadthaus

BUTCHER

  Sheet tot?

O'CASEY *liest:*

        Ermordet.

MULBERRY

            Oh!

FLAKE *leise:*

                Er hat es nicht gemacht.

GAFFLES

  Dogsborough, ist dir übel?

DOGSBOROUGH *mühsam:*

              's geht vorbei.

O'CASEY

  Der Tod des Sheet...

CLARK

              Der unerwartete Tod
Des armen Sheet ist fast 'ne Harpunierung

市議会

ブッチャー　シートが死んだ？

オケーシー　（読む）　殺された。

マルベリー

フレーク　（小声で）　ああ！　やっぱり来なかった。

ギャッフルズ

ドグズバロー　（声を振り絞って）　気分でも悪いのか？

オケーシー　シートの死は……もう終わった。

クラーク

シートの死だとなると、かわいそうにシートが思いもかけずに死んだとなると、捜査はほとんど暗礁に

5 Stadthaus

Der Untersuchung...
O'CASEY
                    Freilich: Unerwartet
Kommt oft erwartet, man erwartet oft
Was Unerwartetes, so ist's im Leben.
Jetzt steh ich vor euch mit gewaschenem Hals
Und hoff, ihr müßt mich nicht an Sheet verweisen
Mit meinen Fragen, denn Sheet ist sehr schweigsam
Seit heute nacht, wie ich aus diesem Blatt seh.
MULBERRY
Was heißt das, eure Anleih wurde schließlich
Der Reederei gegeben, ist's nicht so?
O'CASEY
So ist's. Jedoch: Wer ist Reederei?
FLAKE *leise:*
Komische Frag! Er hat noch was im Ärmel!
CLARK *ebenso:*
Was könnt das sein?

乗り上げたことになる……

オケーシー　もちろんだ。予期せぬことは往々にして期待どおりに起こる。えてして予期せぬことをみんな期待しているからな。人生なんてそういうものだ。せっかく用意していたのに馬鹿をさらしてしまった。まさか私をシートのところにいろいろ聞きに行かせるのじゃないだろうな。この新聞によればシートは昨夜から永遠に口を閉じたらしいからな。

マルベリー　どういうことだ？　君らへの出資金は結局船会社に渡された、そういうことか？

オケーシー　そういうことだ。しかしな、船会社とはいったい誰なのだ？

フレーク（小声で）おかしなことを聞くな！　まだ何か隠し持ってるな！

クラーク（小声で）何かなあ？

5 Stadthaus

O'CASEY
      Fehlt dir was, Dogsborough?
Ist es die Luft?
Zu den anderen:
      Ich mein nur, man könnt sagen:
Jetzt muß der Sheet nebst einigen Schaufeln Erde
Auf sich auch noch den andern Dreck hier nehmen.
Ich ahn...
CLARK
     Vielleicht, O'Casy, es wär besser
Sie ahnten nicht so viel. In dieser Stadt
Gibt es Gesetze gegen üble Nachred.
MULBERRY
Was soll euer dunkles Reden? Wie ich hör
Hat Dogsborough 'nen Mann bestimmt, dies alles
Zu klären. Nun, so wartet auf den Mann!
O'CASEY
Er bleibt lang aus. Und wenn er kommt, dann, hoff ich

オケーシー　　ドグズバロー、気分でも悪いのか？空気のせいか？

（ほかの連中に）私が言うのはただ、今やシートの野郎は、バケツ二、三杯の土と一緒にほかの泥まで引っかぶらざるを得ない、ということだ。私の推測では…

クラーク　　オケーシー、あまり余計なことを推測しないほうがいいと思う。この町では死んだ人の悪口を言うのは禁物だ。

マルベリー　そんな暗い話をしてどうなる？　聞くところによるとドグズバローはいっさいを明らかにしてくれる男を指定したみたいだ。さあ、その男を待とう！

オケーシー　なかなか姿を現さないな。そいつがやってきたら

5 Stadthaus

Erzählt er uns nicht nur von Sheet.
FLAKE
         Wir hoffen
Er sagt, was ist, nichts sonst.
O'CASEY
       So, 's ist ein ehrlicher Mann?
Das wär nicht schlecht. Da Sheet heut nacht erst starb
Könnt alles schon geklärt sein. Nun, ich hoff .
zu Dogsborough:
Er ist ein guter Mann, den du gewählt hast.
CLARK *scharf:*
Er ist der, der er ist, ja? Und hier kommt er.
Auftreten Arturo Ui und Ernesto Roma, begleitet von Leibwächtern.
UI
Hallo, Clark! Hallo, Dogsborough! Hallo!
CLARK
Hallo, Ui!

5 市議会

フレーク　シート以外の話も聞かせてほしいものだ。

オケーシー　話せばいい。それ以外は必要ない。

フレーク　それで、そいつは正直な男か？

オケーシー　それなら悪くない。シートが死んだのが昨夜ならすべてが明かされたも同然だ。私が望むのは（ドグズバローに）君が選んだ男がまっとうな人間であることだ。

クラーク　（鋭く）何だ、あいつが話の男か？　やってきたぞ。

（アルトゥロ・ウイとエルネスト・ローマが用心棒を従えて登場）

ウイ　ハロー、クラーク！　ドグズバロー！　ハロー！

クラーク　ハロー、ウイ！

5 Stadthaus

UI

      Nun, was will man von mir wissen?

O'CASEY *zu Dogsborough:*
Das hier dein Mann?
CLARK
      Gewiß; nicht gut genug?
GOODWILL
Dogsborough, heißt das...?
O'CASEY *da die Presse unruhig geworden ist:*
      Ruhe dort!
EIN REPORTER
      's ist Ui!
Gelächter. O'Casey schafft Ruhe. Dann mustert er die Leibwächter.
O'CASEY
Wer sind die Leute?
UI
      Freunde.

市議会

ウイ　さて、私に聞きたいこととは何だ？

オケーシー　（ドグズバローに）この男が君の選定人か？

クラーク　間違いない。不十分か？

グッドウィル　ドグズバロー、これはどういう…

オケーシー　（報道陣がざわめきだしたので）静かに！

新聞記者　ウイだ！

オケーシー　（爆笑。オケーシーはみなを静かにさせる。それから彼は用心棒を子細に観察する）

ウイ　この連中は誰だ？

友人だ。

5 Stadthaus

O'CASEY *zu Roma:*
      Wer sind Sie?
UI

Mein Prokurist, Ernesto Roma.
GAFFLES
       Halt!
Ist, Dogsborough, das hier dein Ernst?
Dogsborough schweigt.
O'CASEY
       Herr Ui
Wie wir Herrn Dogsboroughs beredtem Schweigen
Entnehmen, sind es Sie, der sein Vertraun hat
Und unsres wünscht. Nun, wo sind die Kontrakte?
UI

Was für Kontrakte?
CLARK *da O'Casey Goodwill ansieht:*
      Die die Reederei

5 市議会

オケーシー （ローマに） あなたは誰です？

ウイ 私の代理人のエルネスト・ローマだ。

ギャッフルズ 待て！

オケーシー ドグズバロー、これは正気か？

（ドグズバローは黙る）

ウイ ウイさん、ドグズバロー氏のいわくありげな沈黙から察するにあなたが彼の信頼を得た、そしてわれわれの信頼も勝ち取りたいと思っている人だな。ところで契約書はどこにある？

オケーシー 何の契約書だ？

クラーク （オケーシーがグッドウィルをじっと見ているので） 船会社が

5 Stadthaus

Bezwecks des Ausbaus ihrer Kaianlagen
Mit Baufirmen getätigt haben muß.
UI
Ich weiß nichts von Kontrakten.
O'CASEY
                    Nein?
CLARK
                          Sie meinen
's gibt keine solchen?
O'CASEY *schnell:*
                Sprachen Sie mit Sheet?
UI *schüttelt den Kopf:*
  Nein.
CLARK
       Ach, Sie sprachen nicht mit Sheet?
UI *hitzig:*
                          Wer das

市議会

港湾施設の改修の目的のために
建設会社と結んだ契約だよ。

ウイ　契約のことなど何も知らないよ。

オケーシー　本当か?

クラーク　そんなものは
ないと言うのか?

オケーシー　(急いで)　シートとは話をしたのか?

ウイ　(首を振って)
していない。

クラーク
ウイ　(激しく)　えっ、シートとは話をしていないって?

私が

5 Stadthaus

  Behauptet, daß ich mit dem Sheet sprach, lügt.
O'CASEY
  Ich dacht, Sie schauten in die Sache, Ui
  Im Auftrag Dogsboroughs?
UI
                    Das tat ich auch.
O'CASEY
  Und trug, Herr Ui, ihr Studium Früchte?
UI
                           Sicher.
Es war nicht leicht, die Wahrheit festzustellen.
Und sie ist nicht erfreulich. Als Herr Dogsborough
Mich zuzog, im Interesse dieser Stadt
Zu klären, wo das Geld der Stadt, bestehend
Aus den Spargroschen von uns Steuerzahlern
Und einer Reederei hier anvertraut
Geblieben ist, mußt ich mit Schrecken feststellen

市議会

オケーシー　シートと話をしたなどと言い張るやつは嘘つきだ。ウイ、あなたはドグズバローの委託を受けてこの件の見通しをもうつけたと思っていたのだが。

ウイ　それはやった。

オケーシー　それでウイさん、君の捜査は実を結んだのか？

ウイ　もちろん。

真実を確認するのは容易じゃなかった。それに真実は喜ばしいものではない。ドグズバロー氏はこの町の利害のために町のお金のありかを明らかにしようとして私を呼んだ。そのお金はわれわれ納税者のわずかばかりの蓄えからなりここの船会社に委託されたままになっているものだ。驚いたのだが、認めざるを得なかったのは

Daß es veruntreut worden ist. Das ist Punkt eins.
Punkt zwei ist: Wer hat es veruntreut? Nun
Auch das konnt ich erforschen und der Schuldige
Ist leider Gottes...
O'CASEY
        Nun, wer ist es?
UI
                Sheet.
O'CASEY
Oh, Sheet! Der schweigsame Sheet, den Sie nicht sprachen!
UI
Was schaut ihr so? Der Schuldige heißt Sheet.
CLARK
Der Sheet ist tot. Hast du's denn nicht gehört?
UI
So, ist er tot? Ich war die Nacht in Cicero.
Drum hab ich nichts gehört. Roma war bei mir.

市議会

お金が横領されているということだった。これが第一点。
第二点は、誰が横領したのか？　このことも
突き止めることができた。負い目があるやつは
残念なことに……

オケーシー　　　　　　　それで誰なのだ？

ウイ　　　　　　　　　　　　　　シートだ。

オケーシー　　シートだ。

ウイ　　へえ、シートだって！　君が話もできなかった寡黙なシートがね！

クラーク　　どうしてそんな顔をするのだ？　罪びとの名はシートだ。

ウイ　　シートは死んだ。君はそのことを聞いていないのか？

クラーク　　そうか、死んだのか？　その晩、私はシセロにいた。
だから何も聞いていない。ローマも一緒だった。

Pause.
ROMA

  Das nenn ich komisch. Meint ihr, das ist Zufall
  Daß er grad jetzt?
UI

          Meine Herren, das ist kein Zufall.
Sheets Selbstmord ist die Folg von Sheets Verbrechen.
's ist ungeheuerlich!
O'CASEY

               's ist nur kein Selbstmord.
UI

  Was sonst? Natürlich, ich und Roma waren
  Heut nacht in Cicero, wir wissen nichts.
  Doch was ich weiß, was uns jetzt klar ist: Sheet
  Scheinbar ein ehrlicher Geschäftsmann, war
  Ein Gangster!
O'CASEY

        Ich versteh. Kein Wort ist Ihnen

ローマ　おかしな話だよ。あんたたちは偶然だと言うのか? その男がちょうど今……

ウイ　みなさん、これは偶然じゃない。

オケーシー　シートの自殺はシートの犯罪の結果だ。けしからんことだ!

ウイ　　　　自殺なんかじゃない。

オケーシー　だったら何だ? もちろん私とローマは昨日の夜シセロにいたから、われわれは何も知らない。しかしわれわれにはっきりわかったことは見かけは正直な実業家だったシートがギャングだったということだ!

ウイ　わかった。君はシートに対して

（間）

5 Stadthaus

Zu scharf für Sheet, für den heut nacht noch andres
Zu scharf war, Ui. Nun, Dogsborough, zu dir!
DOGSBOROUGH
Zu mir?
BUTCHER *scharf*:
    Was ist mit Dogsborough?
O'CASEY
                        Das ist:
Wie ich Herrn Ui versteh – und ich versteh
Ihn, denk ich, gut – , war's eine Reederei
Die Geld erhielt und die es unterschlug.
So bleibt nur eine Frage nun: Wer ist
Die Reederei? Ich höre, sie heißt Sheet.
Doch was sind Namen? Was uns interessiert
Ist, wem die Reederei gehörte. Nicht
Nur, wie sie hieß! Gehörte sie auch Sheet?
Sheet ohne Zweifel könnt's uns sagen, aber

どんなひどいことだって言える。昨夜とてつもなくひどい目に逢ったあの男にはな、ウイ。ところで、ドグズバロー、君にだが！

ドグズバロー　私に？

ブッチャー　（鋭く）　ドグズバローがどうした？

オケーシー　　　　　　　　　　それはこうだ。

ウイ氏によれば——それに彼のことはよく理解しているつもりだが——お金を受け取り横領したのは船会社だった。
残された問題はただ一つ。誰が船会社なのか？　その船会社はシートという名前だ。でも名前なんかどうでもいい。関心があるのは船会社が誰のものだったかと言うことだ。会社の名前だけじゃない！　その会社もシートのものだったか？　だがシートはシートなら疑いもなく答えられるだろう。だがシートは

5 Stadthaus

Sheet spricht nicht mehr von dem, was ihm gehörte
Seitdem Herr Ui in Cicero war. Wär's möglich
Daß doch ein anderer der Besitzer war
Als der Betrug geschah, der uns beschäftigt?
Was meinst du, Dogsborough?
DOGSBOROUGH
     Ich?
O'CASEY
      Ja. Könnt es sein
Daß du an Sheets Kontortisch saßest, als dort
Grad ein Kontrakt, nun sagen wir – nicht gemacht wurd?
GOODWILL

 O'Casey!
GAFFELS *zu O'Casey:*
    Dogsborough? Was fällt dir ein?
DOGSBOROUGH

 Ich...

5　市議会

ウイ氏がシセロに行って以降、自分が何を所有していたのかもはや語れない。われわれが調べている詐欺が起こったとき、別の人が会社のオーナーだったということは、あり得るだろうか？　どう思う、ドグズバロー？

ドグズバロー　　私が？

オケーシー　　そうだ。船会社で工事の契約が、はっきり言うと——結ばれなかったときシートの事務所の机に座っていたのは君だったのでは？

グッドウィル　オケーシー！

ギャッフルズ　（オケーシーに）ドグズバローが？　何てことを考えるのだ！

ドグズバロー　私は……

5 Stadthaus

O'CASEY
    Und schon früher, als du uns im Stadthaus
Erzähltest, wie der Karfiol es schwer hätt
Und daß wir eine Anleih geben müßten –
War's eigene Erfahrung, die da sprach?
BUTCHER
Was soll das? Seht ihr nicht, dem Mann ist übel?
CARUTHER
Ein alter Mann!
FLAKE
    Sein weißes Haar müßt euch
Belehren, daß in ihm kein Arg sein kann.
ROMA
Ich sag: Beweise!
O'CASEY
    Was Beweise angeht...
UI
Ich bitt um Ruhe! Etwas Ordnung, Freunde!

オケーシー　それに、以前に君が市議会でカリフラワーが困難に陥っているとわれわれに語って、出資金を供与すべきだと言ったけど——あれは自分の経験から出たものなのか？

ブッチャー　何てことを？　この人は気分が悪いのがわからないのか？

キャラザー　彼の白髪を見れば、彼には邪念などないことがわかるだろう。

フレーク　老人だ！

オケーシー　証拠を見せろ！

ローマ　証拠に関しては…

ウイ　お静かに願おう！　諸君、秩序を守れ！

5 Stadthaus

GAFFELS *laut:*

Um Himmels willen, Dogsborough, sprich!
EIN LEIBWÄCHTER *brüllt plötzlich:*

             Der Chef
Will Ruhe! Ruhig!
Plötzliche Stille.
UI
      Wenn ich sagen darf
Was mich bewegt in dieser Stunde und
Bei diesem Anblick, der beschämend ist
– ein alter Mann beschimpft und seine Freunde
Schweigend herumstehnd –, so ist's das: Herr Dogsborough
Ich glaube Ihnen. Sieht so Schuld aus, frag ich?
Blickt so ein Mann, der krumme Wege ging?
Ist weiß hier nicht mehr weiß, schwarz nicht mehr schwarz?
's ist weit gekommen, wenn es soweit kommt.
CLARK

Man wirft hier einem unbescholtenen Mann

市議会

ギャッフルズ　（大声で）お願いだから、ドグズバロー、しゃべってくれ！

用心棒　（突然わめく）　　　　　　　　　　　　　ボスが

静かにと言ってるんだ！　静かに！

ウイ　（突然の静寂）

　　　この瞬間に――一人の老人が罵られ、その友人たちが黙って突っ立っているという瞬間に――私がこの時に、そして恥ずべきどうしても言っておきたいことがあるとすればこれだ。「ドグズバローさん、あなたを信じている」。罪はこんな姿をしているのだろうか？ゆがんだ道を歩いてきた男がこんな目をしているだろうか？ここでは白はもう白ではなく、黒はもう黒ではないのか？世の中、来るところまで来てしまった。

クラーク

　　　品行方正な男にここじゃ贈収賄の罪を

5 Stadthaus

Bestechung vor!
O'CASEY
     Und mehr als das: Betrug!
Denn ich behaupt, die schattige Reederei
Von der wir so viel Schlechtes hörten, als man
Sie noch dem Sheet zuschrieb, war Eigentum
Des Dogsborough zur Zeit der Anleih!
MULBERRY
Das ist Lüge!
CARUTHER
    Ich setz meinen Kopf zum Pfand
Für Dogsborough! O lad die ganze Stadt!
Und find da einen, der ihn schwarz nennt!
REPORTER *zu einem andern, der eben eintritt:*
          Eben
Wird Dogsborough beschuldigt!
DER ANDERE REPORTER
        Dogsborough?

5 市議会

着せるなんて！

オケーシー　　贈収賄以上だ。詐欺だよ！私の考えでは、シートの名義になった時点で悪いうわさがいっぱい立っていた怪しげな船会社だが、出資金を得たときにはドグズバローのものになっていたのだ！

マルベリー　　それは嘘だ！

ギャッフルズ　　ドグズバローのことなら首をかけてもいい！町中の人を呼んでこい！彼が黒だというやつを一人でも探してみろ！

新聞記者（ちょうど入ってきたほかの記者に）　　ちょうどドグズバローが弾劾されている！

ほかの記者　　ドグズバローが？

5 Stadthaus

Warum nicht Abraham Lincoln?
MULBERRY *und* FLAKE
       Zeugen! Zeugen!
O'CASEY

Ach, Zeugen? Wollt ihr das? Nun, Smith, wie steht's
Mit unserm Zeugen? Ist er da? Ich sah
Er ist gekommen.
Einer seiner Leute ist in die Tür getreten und hat ein Zeichen gemacht. Alle blicken zur Tür. Kurze Pause. Dann hört man eine Folge von Schüssen und Lärm. Große Unruhe. Die Reporter laufen hinaus.
DIE REPORTER

Es ist vor dem Haus. Maschinengewehr. Wie heißt dein
Zeuge, O'Casey? Dicke Luft. Hallo, Ui!
O'CASEY *zur Tür gehend:*
Bowl.
Schreit hinaus.
 Hier herein!
DIE LEUTE VOM KARFIOLTRUST

Was ist los? Jemand ist abgeschossen worden

5 市議会

どうしてあのアブラハム・リンカーンが？

マルベリーとフレーク　　　　　　　　　　　証人を！　証人を！

オケーシー　なに、証人を？　証人が必要か？　おい、スミスわれわれの証人はどうだ？　そこにいるか？　来ているのを見たが。

(彼の部下の一人がドアから入ってきて、合図する。みんなドアのほうを見る。短い間。それから銃の連射と騒音が聞こえる。大騒ぎ。新聞記者たちは逃げ出す)

記者たち　　　建物の前だ。機関銃だ。君の証人の名前は何だった、オケーシー？　すごい雰囲気だ。おーい、ウイ！

オケーシー　(ドアのところに行きながら)ボウル！

(外に叫ぶ)　さあ入れ！

カリフラワー・トラストの人たちどうしたのだ？　誰か階段のところで

5 Stadthaus

Auf der Treppe. Verdammt!
BUTCHER *zu Ui:*
  Mehr Unfug? Ui, wir sind geschiedene Leute
  Wenn da was vorging, was...
UI
                        Ja?
O'CASEY
                              Bringt ihn rein!
Polizisten tragen einen Körper herein.
O'CASEY
  's ist Bowl. Meine Herren, mein Zeuge ist nicht mehr
  Vernehmungsfähig, fürcht ich.
  Er geht schnell ab. Die Polizisten haben Bowls Leiche in eine Ecke gelegt.
DOGSBOROUGH
                  Gaffles, nimm
  Mich weg von hier.
  Gaffles geht ohne zu antworten an ihm vorbei hinaus.

市議会

ブッチャー　撃たれた。ちくしょう！
　　　　　（ウイに）また騒ぎか？　ウイ、これ以上何か起こすようなら
　　　　　もう絶交だ。何か……

ウイ　　　そうか？　　　　あいつを中に入れろ！

　　　　　（警官が一人の人間を運び込む）

オケーシー　ボウルだ。諸君、私の証人はもはや
　　　　　事情聴取不能のようだ。
　　　　　（急いで退場。警官たちはボウルの死体を隅に置く）

ドグズバロー　　　ギャッフルズ、
　　　　　私をここから連れ出してくれ。
　　　　　（ギャッフルズは答えずに彼のそばを通って出ていく）

UI *mit ausgestreckter Hand auf Dogsborough zu:*
Meinen Glückwunsch, Dogsborough!
Ich will, daß Klarheit herrscht. So oder so.

Eine Schrift taucht auf:
ALS DER REICHSKANZLER GENERAL SCHLEICHER MIT DER AUF-
DECKUNG DER UNTERSCHLAGUNGEN VON OSTHILFEGELDERN
UND STEUERHINTERZIEHUNGEN DROHTE, ÜBERGAB HINDEN-
BURG AM 30. 1. 1933 HITLER DIE MACHT. DIE UNTERSUCHUNG
WURDE NIEDERGESCHLAGEN.

6

Mamouthhotel. Suite des Ui. Zwei Leibwächter führen einen zerlumpten Schauspieler vor den Ui. Im Hintergrund Givola.

ERSTER LEIBWÄCHTER
Er ist ein Schauspieler, Chef. Unbewaffnet.
ZWEITER LEIBWÄCHTER
Er hätte nicht die Pinkepinke für einen Browning.

6

ウイ（手をドグズバローのほうに伸ばして）
おめでとう、ドグズバロー！
はっきりさせたかったのだ。いずれにせよ。

（文字が浮かび上がる）

帝国宰相のシュライヒャー将軍が東部救済基金の横領と税金の不正を暴露すると脅しをかけてきたとき、ヒンデンブルクはヒトラーに政権を譲渡した。一九三三年一月三十日のことだ。捜査は打ち切りになった。

（マンモスホテル。ウイのスイートルーム。二人の用心棒がみすぼらしい役者をウイの前に連れてくる。後ろにジボラ）

用心棒1
ボス、こいつが役者です。武器は持っていません。

用心棒2
ライフルを買う銭は持ってないでしょう。

Voll ist er nur, weil sie ihn in der Kneipe was deklamieren lassen, wenn sie voll sind. Aber er soll gut Sein. Er ist ein Klassikanischer.

UI

      So hören Sie:

Man hat mir zu verstehen gegeben, daß meine Aussprache zu wünschen übrig läßt. Und da es unvermeidlich sein wird, bei dem oder jenem Anlaß ein paar Worte zu äußern, ganz besonders, wenn's einmal politisch wird, will ich Stunden nehmen. Auch im Auftreten.

DER SCHAUSPIELER

Jawohl.

UI

 Den Spiegel vor!
Ein Leibwächter trägt einen großen Stehspiegel nach vorn.

UI

    Zuerst das Gehen. Wie

ウイ 懐具合のいいのは、ほかの連中の懐具合がよくて、居酒屋で朗読をやらせてもらったときぐらいですよ。でも芝居はうまいという話です。時代物の役者です。

役者 だったらお願いだ。私の話し方にはまだまだ改めなければならない点があると言われた。あれやこれやの機会に二言三言しゃべらざるを得ないこともあるだろう。そのうち状況が政治的になってくればなおさらだ。だからレッスンを受けたいのだ。身振りのほうも。

ウイ かしこまりました。

ウイ 鏡を前に！

（一人の用心棒が大きな鏡を前に運んでくる）

ウイ まず歩き方だ。芝居や

6 Mamouthhotel

Geht ihr auf dem Theater oder in der Oper?
DER SCHAUSPIELER
Ich versteh Sie. Sie meinen den großen Stil.
Julius Caesar. Hamlet. Romeo. Stücke von Shakespeare.
Herr Ui, Sie sind an den rechten Mann gekommen. Wie man
Klassisch auftritt, kann der alte Mahonney Ihnen in
Zehn Minuten beibringen. Sie sehen einen tragischen
Fall vor sich, meine Herren. Ich hab mich ruiniert
Mit Shakespeare. Englischer Dichter. Ich könnte heute
Am Broadway spielen, wenn es nicht Shakespeare gäbe.
Die Tragödie eines Charakters. »Spielen Sie nicht.
Shakespeare, wenn Sie Ibsen spielen, Mahonney!
Schauen Sie auf den Kalender! Wir halten 1912, Herr!« –
»Die Kunst kennt keinen Kalender, Herr«, sage ich.
» Ich mache Kunst.« Ach ja.
GIVOLA
                      Mir scheint, du bist an

役者　オペラではどのように歩くのだ？

おっしゃることはわかります。高尚な様式でしょう。ジュリアス・シーザー。ハムレット。ロミオ。シェイクスピアの芝居。ウイさん、あなたは格好の男のところにやってきました。どのような歩き方が模範的なのか、この老マホニーが十分間で教えてあげましょう。みなさん、みなさんが目の前で見ているのは悲劇的な事件です。私はシェイクスピアとともに破滅しました。イギリスの作家です。シェイクスピアがいなければ私は今日ブロードウェーの舞台に立てたでしょう。性格の悲劇です。言われたものです。「イプセンの芝居をやるときはシェイクスピアでやっては駄目だ、マホニー。暦を見なさい！ 一九一二年のままだ」と──「芸術に暦はないよ、君」と私は言い返します。「私が芸術を作っているのだ」と。

ジボラ　ボス、あんたは

Den falschen Mann geraten, Chef. Er ist passé.
UI

Das wird sich zeigen. Gehen Sie herum, wie man bei
Diesem Shakespeare geht!
Der Schauspieler geht herum.
UI

                Gut!

GIVOLA

                      Aber so kannst du nicht
Vor den Karfiolhändlern gehen! Es ist unnatürlich!
UI

Was heißt unnatürlich? Kein Mensch ist heut natürlich. Wenn ich gehe, wünsche ich, daß es bemerkt
Wird, daß ich gehe.
Er kopiert das Gehen des Schauspielers.

DER SCHAUSPIELER

             Kopf zurück.

よくない先生に当たったみたいだ。こいつは過去の人だ。

ウイ 今にわかるさ。シェイクスピアではどんな歩き方をするのかやってみてくれ！

（役者は歩き回る）

ウイ 不自然とはどういうことだ？ 今日では自然な人間なんて誰もいない。俺は歩くときに、歩いているとはっきりわかるようにしたいのだ。

ジボラ いいぞ！ でもこんなふうにカリフラワー業者の前で歩くわけにはいかない！ 不自然だ！

役者 （役者の歩き方をまねる）

頭を上げて。

6 Mamouthhotel

Ui legt den Kopf zurück.
                              Der
Fuß berührt den Boden mit den Zehspitzen zuerst.
Uis Fuß berührt den Boden mit den Zehspitzen zuerst.
Gut. Ausgezeichnet. Sie haben eine Natur –
anlage. Nur mit den Armen muß noch etwas geschehen.
Steif. Warten Sie. Am besten, Sie legen sie vor dem
Geschlechtsteil zusammen.
Ui legt die Hände beim Gehen vor dem Geschlechtsteil zu-
sammen.
                   Nicht schlecht.
Ungezwungen und doch gerafft. Aber der Kopf ist zu-
rück. Richtig. Ich denke, der Gang ist für Ihre Zwecke
in Ordnung, Herr Ui. Was wünschen Sie noch?
UI
                              Das Stehen.
Vor Leuten.
GIVOLA
         Stell zwei kräftige Jungens dicht

（ウィ、頭をそらせる）

　まずつま先が床に着くようにして。　　　足は
　（ウィの足はまずつま先が床に着く）
　そのとおり。すばらしい。あなたは素質がある。
　ただ腕はもう少し何とかしないといけない。
　硬い。待って。いちばんいいのは、手を
　おちんちんの前で組むことだ。
　（ウィは歩きながら手を性器の前で組む）

ウィ　　　　　　　　　　　　　　　　　　悪くない。
　無理がないし、しかも力が入っている。でも頭はそらせて。
　そうだ。ウィさん、この歩き方はあなたの目的に
　合っている。ほかにお望みは？

ジボラ　　　　　　　　　　立つこと。

　大勢の前で。

　　　二人の頑強な若い衆をすぐ後ろに

Hinter dich und du stehst ausgezeichnet.
UI
                        Das ist
Ein Unsinn. Wenn ich stehe, wünsche ich, daß
Man nicht auf zwei Leute hinter mir, sondern auf
Mich schaut. Korrigieren Sie mich!
Er stellt sich in Positur, die Arme über der Brust gefaltet.
DER SCHAUSPIELER
                        Das ist
Möglich. Aber gewöhnlich. Sie wollen nicht
Aussehen wie ein Friseur, Herr Ui. Verschränken
Sie die Arme so.
Er legt die Arme so übereinander, daß die Handrücken sichtbar bleiben, sie kommen auf die Oberarme zu liegen.
                        Eine minutiöse Änderung, aber der Unterschied ist gewaltig. Vergleichen
Sie im Spiegel, Herr Ui!
Ui probiert die neue Armhaltung im Spiegel.

立たせておけば、立ち姿もすてきに見えるぞ。　　　　　　　　　馬鹿な。

ウイ　　俺が立つときは、後ろの二人ではなく
　　　俺に目が行くようにしたいのだ。
　　　先生、立ち方を直してください！
　　　（ポーズをとり、腕を胸のあたりで組む）

役者　　　　　　　　　　　　　　　　　　　それも
　　　ありだ。でも平凡だ。床屋のようには
　　　見られたくないんでしょう、ウイさん。腕を
　　　こう組んでごらんなさい。
　　　（腕を交差させ、手の甲が見えるように、両手を上腕部に置く）
　　　大きく変わります。鏡で比べて
　　　ごらんなさい、ウイさん！　　鏡で　ほんのちょっと変えるだけで
　　　（ウイは鏡で新しい腕のポーズを試してみる）

6 Mamouthhotel

UI

        Gut.

GIVOLA

                Wozu machst du das?
Nur für die feinen Herren im Trust?

UI

             Natürlich
Nicht. Selbstredend ist's für die kleinen Leute.
Wozu, glaubst du, tritt dieser Clark im Trust zum
Beispiel imponierend auf? Doch nicht für seines-
gleichen! Denn da genügt sein Bankguthaben, gradso
Wie für bestimmte Zwecke kräftige Jungens mir den
Respekt verschaffen. Clark tritt imponierend auf
Der kleinen Leute wegen! Und so tu ich's.

GIVOLA

               Nur, man
Könnt sagen: 's wirkt nicht angeboren. Es gibt

ウイ　トラストの上品なお歴々のためだけにか？

ジボラ　すばらしい。何のためにそんなことするんだ？

ウイ　もちろん民衆のためだ。言うまでもなくこれは民衆のためだ。たとえばあのクラークがトラストでどうしてあんなに目立つ格好をしていると思う？　実業家仲間のためじゃない。それなら銀行の預金額を示すだけで十分だ。目的次第では格好なんかつけなくても、頑強な若者たちが俺の権威を認めてくれるのと同じだ。クラークが格好をつけているのは民衆に向けてだ！　だから俺もそうする。

ジボラ　ただこうもこういうことが言える。生まれつき向いてないっていうか、

6 Mamouthhotel

Leute, die da heikel sind.
UI
                      Selbstredend gibt es die.
Nur kommt's nicht an, was der Professor denkt, der
Oder jene Überschlaue, sondern wie sich der kleine
Mann halt seinen Herrn vorstellt. Basta.
GIVOLA
                            Jedoch
Warum den Herrn herausgehängt? Warum nicht lieber
Bieder, hemdsärmlig und mit blauem Auge, Chef?
UI
Dazu hab ich den alten Dogsborough.
GIVOLA
                        Der hat etwas
Gelitten, wie mir scheint. Man führt ihn zwar
Noch unter »Haben« auf, das wertvolle alte Stück
Doch zeigen tut man's nicht mehr so gern, mag sein

からきし駄目な人間もいるってことだ。

ウイ　　　　もちろんそういうやつもいる。ただ大切なのは、大学教授とか、あちこちのひどく利口な連中が何を考えているかではなく、どうすれば民衆が支配者をしっかり演じられるかってことだ。それに尽きる。

ジボラ　どうして支配者ということを見せびらかすのだ？　どうして実直で、ワイシャツ姿の青い目だったらいけないのか、ボス？

ウイ　それなら老ドグズバローがいる。

ジボラ　やつは少しくたばっているみたいだ。今のところまだ「貸方」のほうに記載されているけど、この価値あるじじいをもはや誰も引っ張り出そうとしない。ひょっとしたら

's ist nicht ganz echt... So geht's mit der Fa-
milienbibel, die man nicht mehr aufschlägt, seit man
Im Freundeskreis gerührt darin blätternd, zwischen
Den ehrwürdigen vergilbten Seiten die vertrocknete
Wanze entdeckte. Aber freilich, für den Karfiol
Dürft er noch gut genug sein.
UI
                Wer respektabel
Ist, bestimme ich.
GIVOLA
       Klar, Chef. Nichts gegen Dogs-
borough! Man kann ihn noch gebrauchen. Selbst im
Stadthaus läßt man ihn nicht fallen.
UI
                      Das Sitzen.
DER SCHAUSPIELER
Das Sitzen. Das Sitzen ist beinahe das Schwerste

ウイ　本物じゃないかもしれない…ちょうど家族伝来の聖書のようなものだ。友だちの前で感動してページをめくっていたらおごそかな黄ばんだページの間から乾いた南京虫の死骸が出てきた。それ以来開いたことがないという、そんな聖書だ。むろんカリフラワー業界ではやつはまだ十分役に立つだろう。

　　　　　　　　　　　　　誰が尊敬できる男かは

ウイ　俺が決める。

ジボラ　　　　もちろんだ、ボス。ドグズバローには何も反対じゃない！　まだやつは利用できる。市議会でも欠かせない存在だ。

ウイ　　　　座り方だ。

役者　座り方。座り方がほとんどいちばん難しいのです、

6 Mamouthhotel

Herr Ui. Es gibt Leute, die können gehen; es gibt
Leute, die können stehen; aber wo sind die Leute
Die sitzen können? Nehmen Sie einen Stuhl mit Lehne
Herr Ui. Und jetzt lehnen Sie sich nicht an. Hände
Auf die Oberschenkel, parallel mit dem Bauch, Ellen-
bögen stehen vom Körper ab. Wie lange können Sie
So sitzen, Herr Ui?
UI
        Beliebig lang.
DER SCHAUSPIELER
                Dann ist alles
Gut, Herr Ui.
GIVOLA
        Vielleicht ist's richtig, Chef, wenn
Du das Erbe des Dogsborough dem lieben Giri läßt.
Der trifft Volkstümlichkeit auch ohne Volk. Er
Mimt den Lustigen und kann so lachen, daß vom

ウイさん。歩き方を心得ている人はいる。立ち方を心得ている人もいる。でも座り方を心得ている人がどこにいる？ 背もたれの着いた椅子を持ってきなさい、ウイさん。今はもたれないでください。両手を太ももの上に。お腹と平行に。肘は体から離れてないといけない。それでどのくらい座っていられるかな、ウイさん？

役者 　　　　　　　　　いくらでも。

ウイ　ＯＫだ、ウイさん。　　　　　それじゃ万事

ジボラ　　　ドグズバローの遺産はあのジーリに委ねるのがひょっとしたら正解なのでは、ボス。あいつなら民衆がいなくても民衆性を心得ている。愉快な人間に扮して、必要なときには天井から

6 Mamouthhotel

Plafond die Stukkatur abfällt, wenn's nottut.
Und auch wenn's nicht nottut, wenn zum Beispiel
Du als Sohn der Bronx auftrittst, was du doch
Wahrlich bist, und von den sieben entschlossenen
Jungens sprichst...
UI
    So. Lacht er da.
GIVOLA
        Daß vom
Plafond die Stukkatur fällt. Aber sag nichts zu
Ihm, sonst sagt er wieder, ich sei ihm nicht grün.
Gewöhn ihm lieber ab, Hüte zu sammeln.
UI
        Was für
Hüte?
GIVOLA
  Hüte von Leuten, die er abgeschossen hat.

漆喰が剝げ落ちるほど笑うことができるのだから。
　　　それに必要でないときでも笑える。たとえばあんたが
　　　ブロンクスの息子として——それは嘘じゃないのだが——
　　　登場してきて、七人の決然たる若い衆について
　　　語るようなときにも……

ウイ　　　　　　　そうか。そこでやつは笑うのだ。

ジボラ　　　　　　　　　　　　　　　　　　　　　　天井から
　　　漆喰が落ちるほどに。でもやつには何も言わないでくれ。
　　　でないとまた、俺が好感を抱いてないなんて言いだすから。
　　　それよりやつに帽子を集める癖をやめさせてくれないか。

ウイ　　　帽子だ？　　　　　　　　　　　　　　　どんな

ジボラ　　やつが撃ち殺した連中の帽子だ。

6 Mamouthhotel

Und damit öffentlich herumzulaufen. 's ist
Ekelhaft.

UI

    Dem Ochsen, der da drischt, verbind
Ich nicht das Maul. Ich überseh die kleinen
Schwächen meiner Mitarbeiter.
Zum Schauspieler:
Und nun zum Reden! Tragen Sie was vor!

DER SCHAUSPIELER

Shakespeare. Nichts anderes. Caesar. Der antike
Held. *Er zieht ein Büchlein aus der Tasche.* Was halten Sie
von der Antonius–Rede? Am Sarg Caesars. Gegen
Brutus. Führer der Meuchelmörder. Ein Muster der
Volksrede, sehr berühmt. Ich spielte den Antonius
Im Zenit, 1908. Genau, was Sie brauchen, Herr Ui.
*Er stellt sich in Positur und rezitiert, Zeile für Zeile, die
Antonius-Rede.*

DER SCHAUSPIELER

Mitbürger, Freunde, Römer, euer Ohr!

その帽子で公衆の面前を歩き回るのもやめてもらいたい。ぞっとする。

ウイ　　　苦労させている者には、いい目も見させてやらなければならない。俺は仲間の小さな弱点には目をつぶることにしている。
　　　（役者に）
　　　さあ今度はしゃべり方だ！　何か朗読してみてくれ！

役者　　シェイクスピア。ほかは駄目です。シーザー。古代の英雄。（ポケットから小さな本を取り出す）あなたアントニーの演説をどう思います？　シーザーの棺のところでやる。ブルータスに反対する例のやつ。あの暗殺の先導者。これぞ民衆への演説の模範であり、とても有名です。私は一九〇八年の絶頂期にアントニーを演じました。これこそあなたが必要とするものです、ウイさん。
　　　（ポーズをとり、一行ごとにアントニーの演説を朗唱する）

役者　　市民諸君、友人よ、ローマ人よ、耳を貸したまえ！

6 Mamouthhotel

Ui spricht ihm aus dem Büchlein nach, mitunter ausgebessert von dem Schauspieler, jedoch wahrt er im Grund seinen knappen und rauhen Ton.

DER SCHAUSPIELER

    Caesar ist tot. Und Caesar zu begraben
    Nicht ihn zu preisen, kam ich her. Mitbürger!
    Das Böse, das der Mensch tut, überlebt ihn!
    Das Gute wird mit ihm zumeist verscharrt.
    Sei's so mit Caesar! Der wohledle Brutus
    Hat euch versichert: Caesar war tyrannisch.
    Wenn er das war, so war's ein schwerer Fehler
    Und schwer hat Caesar ihn nunmehr bezahlt.

UI *allein weiter:*

    Ich stehe hier mit Brutus' Billigung
    (Denn Brutus ist ein ehrenwerter Mann
    Das sind sie alle, ehrenwerte Männer)
    An seinem Leichnam nun zu euch zu reden.
    Er war mein Freund, gerecht und treu zu mir:

(ウイは本を見ながら役者の後をつける。ときどき役者に直される。けれども根本的には彼の簡潔で粗野な調子を残している)

役者 シーザーは死んだ。私がここに来たのは、シーザーを葬るためであって、称賛するためではない。市民諸君！
人間の行う悪はたいてい人間の死後も生き延びる！
しかし善はたいてい人間とともに埋葬される。
シーザーもかくあれ！ かくも気高いブルータスは
あなたたちに断言した。シーザーは暴君だったと。
もしそうだとすれば、これは重大な欠陥だった。
そしてシーザーはこの欠陥の報いを受けたのだ。

ウイ (一人で続ける)
私はここにブルータスの同意を得て立っている。
(というのもブルータスは尊敬すべき人であり、
ここにいる人もみな尊敬すべき人だからだ。)
シーザーの遺骸のそばであなたたちに語るためにいる。
シーザーはわが友であり、私に対して公正で誠実だった。

6 Mamouthhotel

Doch Brutus sagt uns, Caesar war tyrannisch
Und Brutus ist ein ehrenwerter Mann.
Er brachte viel Gefangene heim nach Rom:
Roms Kassen füllten sich mit Lösegeldern.
Vielleicht war das von Caesar schon tyrannisch? 5
Freilich, hätt das der arme Mann in Rom
Vom ihm behauptet – Caeser hätt geweint.
Tyrannen sind aus härterem Stoff? Vielleicht!
Doch Brutus sagt uns, Caesar war tyrannisch
Und Brutus ist ein ehrenwerter Mann. 10
Ihr alle saht, wie bei den Luperkalien
Ich dreimal ihm die königliche Kron bot.
Er wies sie dreimal ab. War das tyrannisch?
Nein? Aber Brutus sagt, er war tyrannisch
Und ist gewiß ein ehrenwerter Mann. 15
Ich rede nicht, Brutus zu widerlegen
Doch steh ich hier, zu sagen, was ich weiß.

でもブルータスはわれわれに言う。シーザーは暴君だったと。
そしてブルータスは尊敬すべき人である。
シーザーは多くの捕虜をローマに連れ帰った。
ローマの金庫は身代金でいっぱいになった。
シーザーのこの行為がすでに暴君的だったのかもしれない？
もちろんローマの貧民は、彼について
こう主張したと言う。——シーザーは涙したと。
暴君ならもっと冷酷ではないのか？　ひょっとして？
でもブルータスはわれわれに言う。シーザーは暴君だったと。
そしてブルータスは尊敬すべき人である。
諸君はみな知っている。ルペルカリアの祭に
私が三度シーザーに王冠を授けたことを。
シーザーは三度これを拒んだ。彼は暴君だったのか？
違うのでは？　でもブルータスは言う。彼は暴君だったと。
そしてもとよりブルータスは尊敬すべき人である。
私はブルータスに反駁するために話しているのではない。
ここに立っているのは自分の知っていることを語るためだ。

Ihr alle liebtet ihn einmal – nicht grundlos!
Was für ein Grund hält euch zurück, zu trauern?
Während der letzten Verse fällt langsam der Vorhang.

Eine Schrift taucht auf:
DEM VERLAUTEN NACH ERHIELT HITLER UNTERRICHT IN DE-
KLAMATION UND EDLEM AUFTRETEN VON DEM PROVINZSCHAU-
SPIELER BASIL.

7

Büro des Karfioltrusts. Arturo Ui, Ernesto Roma, Giuseppe Givola, Manuele Giri und die Leibwächter. Eine Schar kleiner Gemüsehändler hört den Ui sprechen. Auf dem Podest sitzt neben dem Ui krank der alte Dogsborough. Im Hintergrund Clark.

UI *brüllend:*
Mord! Schlächterei! Erpressung! Willkür! Raub!
Auf offener Straße knattern Schüsse! Männer

7

諸君はみなシーザーを愛した——理由があってのことだ！ どんな理由があってシーザーを哀悼することを差し控えるのか？

（最後の数句の間にゆっくりと幕が下りる）

（文字が浮かび上がる）

情報によれば、ヒトラーは田舎役者バージルから朗誦や高貴な身振りについてレッスンを受けた。

（カリフラワー・トラストの事務所。アルトゥロ・ウイ、エルネスト・ローマ、ジュセッペ・ジボラ、マヌエレ・ジーリと用心棒たち。八百屋たちの小さな群れがウイの演説を聞いている。演壇ではウイの横に、病気の老ドグズバローが座っている。背後にクラーク）

ウイ　（わめきながら）

殺人！　大量殺戮！　恐喝！　専横！　略奪！

公共の通りに銃声が鳴り響く！

7 Büro des Karfioltrusts

Ihrem Gewerb nachgehend, friedliche Bürger
Ins Stadthaus tretend, Zeugnis abzulegen, gemordet
Am hellichten Tag! Und was tut dann die Stadtverwaltung, frag ich? Nichts! Freilich, die ehrenwerten
Männer müssen gewisse schattige Geschäfte planen und
Ehrlichen Leuten ihre Ehr abschneiden, statt daß
Sie einschreiten!
GIVOLA
   Hört!
UI
    Kurz, es herrscht Chaos.
Denn, wenn ein jeder machen kann, was er will
Und was sein Egoismus ihm eingibt, heißt das
Daß alle gegen alle sind und damit Chaos
Herrscht. Wenn ich ganz friedlich meinen
Gemüseladen führ oder sagen wir mein Lastauto

仕事に励む男たちや、証言するために市議会に赴いた平和な市民が真っ昼間に殺された！　私は聞きたい。それに対して市当局は何をしたのか？　何もしていない！　もちろん尊敬すべき人たちが後ろめたいビジネスを計画し不正と戦うことをせずに、正直な人たちからその名誉を奪おうとしているに違いない！

ジボラ

ウイ

聞け！

要するに町は混乱している。

というのは、各人が自分のやりたいことやエゴイズムが促すことを、自由にできるのなら誰もが敵同士になり、それによって混乱が支配するようになるからだ。もし私がまったく平和に八百屋を営みカリフラワーを積んだトラックを運転したり

7 Büro des Karfioltrusts

Mit Karfiol steuer oder was weiß ich und ein andrer
Weniger freundlich in meinen Laden trampelt
Hände hoch! oder mir den Reifen plattschießt
Mit dem Browning, kann nie ein Friede herrschen!
Wenn ich aber das einmal weiß, daß Menschen
So sind und nicht sanfte Lämmchen, muß ich etwas tun
Daß sie mir eben nicht den Laden zertrampeln
Und ich die Hände nicht jeden Augenblick
Wenn es dem Nachbarn paßt, hochheben muß
Sondern sie für meine Arbeit brauchen kann
Sagen wir zum Gurkenzählen oder was weiß ich.
Denn so ist eben der Mensch. Der Mensch wird nie
Aus eigenem Antrieb seinen Browning weglegen.
Etwa, weil's schöner wär oder weil gewisse
Schönredner im Stadthaus ihn dann loben würden.
Solang ich nicht schieß, schießt der andre! Das
Ist logisch. Aber was da tun, fragt ihr.

何やかんやしたとする。そのとき誰かが私の店にやってきて、不機嫌そうにタイヤを踏み鳴らし「手を上げろ！」と叫んで、ライフル銃でタイヤをパンクさせたりすれば、平和など絶対に来ない！しかしとにかく人間というのはこんなものでありやさしい子羊でないとわかれば、こちらも行動に出ないといけない。連中が私の店を踏み荒らさないようにするために。そして隣人に好都合なら、どんなときもホールド・アップせねばならないなんてことを避けるためにも。手は自分の仕事に使えるようにしたいものだ。きゅうりの数を数えるためとか、その種のことに。人間とはまさにそういうものだからだ。人間は決して自分からライフル銃を捨てたりはしないだろう。たぶんそのほうがかっこいいからか、ごまかすりたちが市議会でほめてくれるからだろう。私が撃たなければ、相手が撃ってくる！ これは当然のことだ。ではどうすべきかとあなたたちは尋ねる。

7 Büro des Karfioltrusts

Das sollt ihr hören. Eines gleich voraus:
So wie ihr's bisher machtet, so geht's nicht.
Faul vor der Ladenkasse sitzen und
Hoffen, daß alles gut gehn wird, und dazu
Uneinig unter euch, zersplittert, ohne
Starke Bewachung, die euch schützt und schirmt
Und hiermit ohnmächtig gegen jeden Gangster
So geht's natürlich nicht. Folglich das erste
Ist Einigkeit, was not tut. Zweitens Opfer.
Was, hör ich euch sagen, opfern sollen wir?
Geld zahlen für Schutz, dreißig Prozent abführen
Für Protektion? Nein, nein, das wollen wir nicht!
Da ist uns unser Geld zu lieb! Ja, wenn
Der Schutz umsonst zu haben wär, dann gern!
Ja, meine lieben Gemüsehändler, so
Einfach ist's nicht. Umsonst ist nur der Tod.
Alles andre kostet. Und so kostet auch Schutz.

カリフラワー・トラストの事務所

お聞かせしよう。まずはじめに言いたいのは、今まであなたたちがやってきたようなことでは駄目ということだ。怠惰に店の金庫番をしながら、何もかもうまくゆくことを願っている。だがそのうち仲間割れして、ばらばらになり、自分たちを支え、護ってくれる強い護衛者もいない。そのためにギャングの攻撃に無防備になってしまう。

そんな具合じゃ、もちろん駄目だ。

まず必要なのは団結だ。第二には犠牲が必要。

「どうして犠牲なんか払わなきゃいけない？」不平が聞こえる。「護衛にお金を払う？」「売り上げの三割を払うだって？」「とんでもない、そんなこといやだ！」「護衛がわれわれのお金がもったいない！」

ただですむのなら、喜んで！」

親愛なる八百屋諸君、そう簡単にはいかないのだ。ただなのは死だけ。ほかは金がかかる。護衛にも金はかかる。

7 Büro des Karfioltrusts

Und Ruhe und Sicherheit und Friede! Das
Ist nun einmal im Leben so. Und drum
Weil das so ist und nie sich ändern wird
Hab ich und einige Männer, die ihr hier
Stehn seht – und andre sind noch draussen –, beschlossen
Euch unsern Schutz zu leihn.
Givola und Roma klatschen Beifall.
　　　　　　　　　　　　Damit ihr aber
Sehn könnt, daß alles auf geschäftlicher Basis
Gemacht werden soll, ist hier Herr Clark erschienen
Von Clarks Großhandel, den ihr alle kennt.
Roma zieht Clark hervor. Einige Gemüsehändler klatschen.
GIVOLA

Herr Clark, im Namen der Versammlung heiße
Ich Sie willkommen. Daß der Karfioltrust
Sich für Arturo Uis Ideen einsetzt
Kann ihn nur ehren. Vielen Dank, Herr Clark!

カリフラワー・トラストの事務所

平穏、安全、平和にも！　人生とはとにかくそういうものだ。

こんな状況で、変わりようがないから私とあなたたちの前に立っているこの男たちは——ほかの男たちは外にいるが——あなたたちの護衛をすることに決めたのだ。

（ジボラとローマは拍手する）

すべてが経済的な基盤の上になされるべきだということをわかってもらうために、みなさんご存知のクラーク大企業のクラーク氏に登場をお願いした。

（ローマはクラークを引っ張り出す。何人かの八百屋が拍手する）

ジボラ

クラークさん、この集会の名において歓迎の言葉を述べさせていただきます。カリフラワー・トラストがアルトゥロ・ウイの構想に肩入れしてくださることは彼にとって名誉です。どうもありがとうございます、クラークさん！

7 Büro des Karfioltrusts

CLARK

Wir vom Karfiolring, meine Herrn und Damen
Sehn mit Alarm, wie schwer es für Sie wird
Das Grünzeug loszuschlagen. »'s ist zu teuer«
Hör ich Sie sagen. Doch, warum ist's teuer?
Weil unsre Packer, Lader und Chauffeure
Verhetzt von schlechten Elementen, mehr
Und mehr verlangen. Aufzuräumen da
Ist, was Herr Ui und seine Freunde wünschen.

ERSTER HÄNDLER

Doch, wenn der kleine Mann dann weniger
Und weniger bekommt, wer kauft dann Grünzeug?

UI
           Diese Frage
Ist ganz berechtigt. Meine Antwort ist:
Der Arbeitsmann ist aus der heutigen Welt
Ob man ihn billigt oder nicht, nicht mehr

八百屋1

クラーク　みなさん、われわれカリフラワー・トラストの人間は野菜の販売があなた方には困難になってきたのを見て驚いています。みなさんは「高すぎる」とおっしゃっています。じゃ、なぜ高いのです？　荷造りや、荷物の上げ下ろしの作業員、運転手などたちの悪い輩にけしかけられて、次第に要求をつり上げていくからです。ウイさんや彼の仲間に望まれているのはこうした原因を除去することです。

ウイ　でも庶民の収入がどんどん減っていったら誰が野菜を買うのですか？

まったく当然だ。私の答えはこうだ。今日の世界から労働者をもはや切り離して考えることはできない。労働者を認めるにせよ、認めないにせよ

7 Büro des Karfioltrusts

Hinwegzudenken. Schon als Kunde nicht.
Ich habe stets betont, daß ehrliche Arbeit
Nicht schändet, sondern aufbaut und Profit bringt.
Und hiemit nötig ist. Der einzelne Arbeitsmann
Hat meine volle Sympathie. Nur wenn er 5
Sich dann zusammenrottet und sich anmaßt
Da dreinzureden, wo er nichts versteht
Nämlich, wie man Profit herausschlägt und so weiter
Sag ich: Halt, Bruder, so ist's nicht gemeint.
Du bist ein Arbeitsmann, das heißt, du arbeitst. 10
Wenn du mir streikst und nicht mehr arbeitst, dann
Bist du kein Arbeitsmann mehr, sondern ein
Gefährliches Subjekt und ich greif zu.
Clark klatscht Beifall.
Damit ihr aber seht, daß alles ehrlich 15
Auf Treu und Glauben vorgehn soll, sitzt unter
Uns hier, ein Mann, der uns, ich darf wohl sagen

それは無理だ。すでに顧客の立場からもそれはできない。私が常に強調してきたのは、立派な労働は恥じるものでなく築き上げ、利益をもたらすものだということだ。そしてここで必要なのは、個々の労働者に私が完全な共感を抱いているということだ。ただもし労働者が徒党を組み、思い上がって、自分ではまったくわかってもいないこと、たとえば利益をどうやって生み出すかなんてことに口出ししたとする。そんな場合にのみ私は物言う。「兄弟よ、待った。そういうことじゃない。あなたは労働者だ。ということはあなたは働いているということだ。もしあなたがストライキをして、もう働かないと言うのなら、あなたはもう労働者じゃない。それどころか危険分子だ。だからただでは置かない」とね。

（クラークは拍手をする）

でもこれでみなさんも、すべてが誠実さと信頼に基づき正しく行われなければならないということがおわかりだろう。

ここに――そう言ってもいいと思うが――

7 Büro des Karfioltrusts

Allen, als Vorbild goldner Ehrlichkeit
Und unbestechlicher Moral dient, nämlich
Herr Dogsborough.
Die Gemüsehändler klatschen etwas stärker.
                        Herr Dogsborough, ich fühle
In dieser Stunde tief, wie sehr ich Ihnen
Zu Dank verpflichtet bin. Die Vorsehung
Hat uns vereinigt. Daß ein Mann wie Sie
Mich Jüngeren, den einfachen Sohn der Bronx
Zu Ihrem Freund, ich darf wohl sagen, Sohn
Erwählten, werd ich Ihnen nie vergessen.
Er faßt Dogsboroughs schlaff herabhängende Hand und schüttelt sie.
GIVOLA *halblaut:*
Erschütternder Moment! Vater und Sohn!
GIRI *tritt vor:*
Leute, der Chef spricht uns da aus dem Herzen!
Ich seh's euch an, ihr hättet ein paar Fragen.

黄金の誠実と買収不能なモラルの模範として、われわれみんなの役に立つ男がいる。これぞすなわちドグズバロー氏だ。

（八百屋たちは少し拍手を強める）

ドグズバロー氏、私はこの瞬間、いかにあなたに感謝しなければならないかを深く感じている。神の摂理がわれわれを一つにした。あなたのようなお方が私のような若輩を、下町ブロンクスの息子に過ぎない私をあなたの友人にしていただいたことを、あえて言わせてもらえば、息子に選んでくださったことを、決して忘れはしない。

（ドグズバローのだらんと下がった手を握りしめ、振る）

ジボラ　（小声で）

感動的な瞬間だ！　父と息子の！

ジーリ　（進み出る）

諸君、ボスはわれわれに心から語りかけている！あなたたちはまだいくつか質問があるように見受ける。

7 Büro des Karfioltrusts

Heraus damit! Und keine Furcht! Wir fressen
Keinen, der uns nichts tut. Ich sag's, wie's ist:
Ich bin kein Freund von vielem Reden und
Besonders nicht von unfruchtbarem Kritteln
Der Art, die ja an nichts ein gutes Haar läßt 5
Nur Achs und Abers kennt und zu nichts führt.
Gesunde, positive Vorschläge aber
Wie man das machen kann, was nun einmal
Gemacht werden muß, hörn wir mit Freude an.
Quatscht los! 10
Die Gemüsehändler rühren sich nicht.
GIVOLA *ölig:*
     Und schont uns nicht! Ich denk, ihr kennt
                mich
Und meine Blumenhandlung! 15
EIN LEIBWÄCHTER
       Lebe Givola!
GIVOLA

Soll's also Schutz sein oder Schlächterei

みんな吐き出せ！　恐れてはいけない！　われわれは何もしない人間を取って喰おうとは思わない。事実を言ったまでだ。私は多くを語ることを好まない。特にあらゆることをぼろくそにこき下ろして「へえ」とか「しかし」ばかり言うだけで、何も生み出さないような実りのないあら探しはごめんだ。しかしこれからやらねばならないことをどのように積極的に進めたらいいかといった健全で積極的な提案には喜んで耳を傾ける。さあ、話してくれ！

（八百屋たちは心を動かさない）

ジボラ（もったいぶって）

用心棒　　花屋の商売のことも知っているんだろう！

ジボラ　　　　ずばずば言ってくれ！　私のことも

ジボラ、万歳！

保護を受けるべきか、それとも殺戮、

7 Büro des Karfioltrusts

Mord, Willkür, Raub, Erpressung? Hart auf hart?
ERSTER HÄNDLER
's war ziemlich friedlich in der letzten Zeit.
In meinem Laden gab es keinen Stunk.
ZWEITER
In meinem auch nicht.
DRITTER
                Auch in meinem nicht.
GIVOLA
Merkwürdig!
ZWEITER
           Man hat ja gehört, daß kürzlich
Im Schankgeschäft so manches vorkam, was
Herr Ui uns schilderte, daß wo die Gläser
Zerschlagen wurden und der Sprit vergossen
Wenn nicht für Schutz gezahlt wird, aber, gottlob
Im Grünzeughandel war es bisher ruhig.

殺人、専横、強盗、恐喝がいいか？　危険な状況なのか？

八百屋1　最近はかなり平穏でした。うちの店ではいさかいもなかった。

八百屋2　うちもなかった。

八百屋3　うちもなかった。

ジボラ　奇妙だ！

八百屋2　近ごろ、バーではウイ氏が話したような事件がよく起こると聞いています。用心棒にお金を払っていないとグラスを割られたり酒をこぼされたりするそうです。でも八百屋業界はありがたいことにこれまでは平穏でした。

7 Büro des Karfioltrusts

ROMA
Und Sheets Ermordung? Und der Tod des Bowl?
Nennt ihr das ruhig?
ZWEITER
               Hat das mit Karfiol
Zu tun, Herr Roma?
ROMA
               Nein. 'nen Augenblick!
Roma begibt sich zu Ui, der nach seiner großen Rede erschöpft und gleichgültig dasaß. Nach ein paar Worten winkt er Giri her, und auch Givola nimmt an einer hastigen, geflüsterten Unterredung teil. Dann winkt Giri einem der Leibwächter und geht schnell mit ihm hinaus.
GIVOLA
Werte Versammlung!
Wie ich da eben hör
Ersucht da eine arme Frau Herrn Ui
Von ihr vor der Versammlung ein paar Worte
Des Dankes anzuhören.

ローマ　シートが殺されてもか？　ボウルも死んだぞ？これで平穏だっていうのか？

八百屋2

ローマ　カリフラワーは関係があるのですか？

ジボラ　　　　　　ローマさん、そのこと

ローマ　いいや。ちょっと待て！

（大演説にくたびれて、無関心に座っているウイのところへローマは行く。二言三言言葉を交わした後で彼はジーリを招きよせる。ジボラもせわしげな密談に加わる。それからジーリは用心棒の一人に合図して、彼を連れて急いで出ていく）

ジボラ　お集まりの諸君！ちょうど今聞き及んだのだが、一人の貧しい女性が、お集まりの諸君の前でウイ氏に感謝の言葉を二言、三言述べたいので聞いてほしいと願い出られている。

7 Büro des Karfioltrusts

Er geht nach hinten und geleitet eine geschminkte, auffällig gekleidete Person – Dockdaisy – herein, die an der Hand ein kleines Mädchen führt. Die drei begeben sich vor Ui, der aufgestanden ist.
GIVOLA
      Sprechen Sie, Frau Bowl!
Zu den Grünzeughändlern:
Ich hör, es ist Frau Bowl, die junge Witwe
Das Hauptkassierers Bowl vom Karfioltrust
Der gestern, pflichtbewußt ins Stadthaus eilend
Von unbekannter Hand ermordet wurde.
Frau Bowl!
DOCKDAISY Herr, Ui, ich möchte Ihnen in meinem tiefen Kummer, der mich befallen hat angesichts des frechen Mordes, der an meinem armen Mann verübt wurde, als er in Erfüllung seiner Bürgerpflicht ins Stadthaus gehen wollte, meinen tiefgefühlten Dank aussprechen. Es ist für die Blumen, die Sie mir und meinem kleinen Mädchen im Alter von sechs Jahren, die ihres Vaters beraubt wurde, geschickt haben. *Zur Versammlung:* Meine Herren, ich bin nur eine ame Witwe und möchte nur sagen, daß ich ohne Herrn Ui heute auf der Straße läge, das beschwöre ich jederzeit. Mein kleines Mädchen im Alter von fünf Jahren und ich werden es Ihnen, Herr Ui, niemals vergessen.

カリフラワー・トラストの事務所

（後ろへ下がり、化粧をして目立った服を着た女性——ドックデージーを連れてくる。彼女は少女の手を引いている。三人は立ち上がったウイの前に進み出る）

ジボラ　　　　　話しなさい、ボウル夫人！

（八百屋たちに）

この方はボウル夫人で、カリフラワー・トラストの会計責任者ボウル氏の若い未亡人だ。

夫は昨日、義務感から市議会に急ぐ途中何者かの手にかかり虐殺された。

ボウル夫人！

ドックデージー　［散文］私の夫は市民としての義務を果たすために市議会に行こうとしたとき、哀れにもひどい殺され方をしました。夫の死に直面し、私を襲った深い悲しみの中で、ウイさん、私はあなたに心から感謝の言葉を申し上げたいのです。それは父を奪われた私の五歳の小さな娘と私にあなたが贈ってくれた花に対してです。（集会の人々に対して）皆さん、私は哀れな未亡人です。私が申し上げたいのはただ、ウイさんがいなければ私は今日、路上で生活するようになっていたでしょう。これは間違いありません。私の五歳の小さな娘と私は、ウイさん、あなたのことを決して忘れはしません。

7 Büro des Karfioltrusts

Ui reicht Dockdaisy die Hand und faßt das Kind unter das Kinn.
GIVOLA Bravo!
Durch die Versammlung quer durch kommt Giri, den Hut Bowls auf, gefolgt von einigen Gangstern, welche große Petroleumkannen schleppen. Sie bahnen sich einen Weg zum Ausgang.
UI
Frau Bowl, mein Beileid zum Verlust. Dies Wüten
Ruchlos und unverschämt, muß aufhören, denn...
GIVOLA *da die Händler aufzubrechen beginnen:*
                                      Halt!
Die Sitzung ist noch nicht geschlossen. Jetzt
Wird unser Freund James Greenwool zum Gedenken
Des armen Bowl ein Lied vortragen mit
Anschließender Sammlung für die arme Witwe.
Er ist ein Bariton.
Einer der Leibwächter tritt vor und singt ein schmalziges Lied, in dem das Wort »Heim« reichlich vortkommt. Die Gangster sitzen während des Vortrags tief versunken in den Musikgenuß, die Köpfe in die Hände gestützt oder mit geschlossenen Augen zurückgelehnt usw. Der karge Beifall, der sich danach erhebt, wird unterbrochen durch das Pfeifen von Polizei- und Brandautosirenen. Ein großes Fenster im

（ウイはドックスデイジーに手を差し伸べ、子どもの顎をつかむ）

ジボラ　ブラボー！
（集会の人々を横切って、ボウルの帽子を掲げながらジーリがやってくる。数人のギャングが大きな石油缶を引っ張りながら、これに続く。彼らは出口まで進む）

ウイ
ボウル夫人、ご主人の死をお悔やみ申し上げたい。この極悪非道で破廉恥な凶暴さはストップせねばならない。なぜなら……

ジボラ（八百屋たちが立ち去り始めたので）

待て！

集会はまだ終わっていない。これからわれわれの友人ジェイムズ・グリーンウールに哀れなボウルを偲んで歌を披露してもらう。終わったら哀れな未亡人のためにカンパをお願いしたい。
彼はバリトン歌手だ。
（用心棒の一人が前に進み出て、やけに感傷的な歌を歌う。歌の中で「故郷」という言葉がしつこいほど出てくる。歌の間、ギャングたちは深く音楽に聞き入ったり、手の中に頭をうずめたり、目を閉じて後ろに寄り掛かったりする。わずかな拍手。それがその後だんだん大きくなる。拍手はパトカーと消防車のサイ

7 Büro des Karfioltrusts

Hintergrund hat sich geöffnet.
ROMA

Feuer im Dockbezirk!
STIMME

                Wo?
EIN LEIBWÄCHTER *herein:*

                      Ist hier ein
Grünhändler namens Hook?
DER ZWEITE HÄNDLER

                            Hier! Was ist los!
DER LEIBWÄCHTER

Ihr Speicher brennt.
Der Händler Hook stürzt hinaus. Einige nach. Andere ans Fenster.
ROMA

                    Halt! Bleiben! Niemand
Verläßt den Raum!
Zum Leibwächter:

7 カリフラワー・トラストの事務所

レンによって中断される。背景の大きな窓が開かれる)

ローマ　ドックのあたりが火事だ！ †23

声　　　どこだ？

用心棒　（入ってくる）

八百屋2　フックという八百屋はいるか？　　ここに

用心棒　私です！　どうしたのです！

（八百屋のフックが飛び出す。何人かが続く。ほかは窓のところに行く）

ローマ　あなたの倉庫が燃えている。

用心棒　部屋から出るな！　止まれ！　誰も

（用心棒に）　待て！

251

7 Büro des Karfioltrusts

Ist's Brandstiftung?
DER LEIBWÄCHTER

Ja, sicher.
Man hat Petroleumkannen vorgefunden, Boß.
DER DRITTE HÄNDLER

Hier wurden Kannen durchgetragen!
ROMA *rasend:*

Wie?
Wird hier behauptet, daß es wir sind?
EIN LEIBWÄCHTER *stößt dem Mann den Browning in die Rippen:*

Was
Soll man hier durchgetragen haben? Kannen?
ANDERE LEIBWÄCHTER *zu anderen Händlern:*

Sahst du hier Kannen? Du?
DIE HÄNDLER

Ich nicht. Auch ich nicht.
ROMA

Das will ich hoffen!

用心棒　　放火か？

石油缶が発見されてますから、ボス。そうだ、間違いない。

八百屋3
ローマ　（怒り狂って）ここから石油缶が運び出されたのです！

何だって？　石油缶か？　何だって？

犯人は俺たちだって言うのか？

用心棒　（男のあばらにライフル銃を突きつけて）何を

ここから引っ張り出したって？　石油缶？

ほかの用心棒　（ほかの八百屋たちに）

ここで缶を見たのか？　あなたが？

八百屋たち　　私じゃない。／私でもない。

ローマ　そう願いたい！

7 Büro des Karfioltrusts

GIVOLA *schnell:*
                    Jener selbe Mann
Der uns hier eben noch erzählte, wie
Friedlich es zugeht im Karfiolgeschäft
Sieht jetzt sein Lager brennen! Von ruchloser Hand
In Asch verwandelt! Seht ihr immer noch nicht?
Seid ihr denn blind? Jetzt einigt euch! Sofort!
UI *brüllend:*
's ist weit gekommen in dieser Stadt. Erst Mord
Dann Brandstiftung! Ja, jedem, wie mir scheint
Geht da ein Licht auf! Jeder ist gemeint!

Eine Schrift taucht auf:
IM FEBRUAR 1933 GING DAS REICHSTAGSGEBÄUDE IN FLAMMEN
AUF. HITLER BESCHULDIGTE SEINE FEINDE DER BRANDSTIFTUNG
UND GAB DAS SIGNAL ZUR NACHT DER LANGEN MESSER.

カリフラワー・トラストの事務所

ジボラ　（急いで）　たった今ここでカリフラワーの商売はしごく平穏だと話していた、まさしくその男が倉庫を焼かれる目に合っているのだ！　極悪非道の者の手によって灰になってしまった！　まだ諸君にはわからないのか？　君たちは盲目か？　さあ、団結するのだ！　ただちに！

ウイ　（わめきながら）　この町はこんなになってしまった。まず殺人、それから放火！　誰もが目覚めたはずだ！　みんなの心は決まった！

（文字が浮かび上がる）

一九三三年、国会議事堂が炎上した。ヒトラーは彼の敵に放火の罪をなすりつけ、「長い刃の夜」への合図が発信された。

8

Der Speicherbrandprozeß. Presse. Richter. Ankläger. Verteidiger. Der junge Dogsborough. Giri. Givola. Dockdaisy. Leibwächter. Gemüsehändler und der Angeklagte Fish.

8a

Vor dem Zeugenstuhl steht Manuele Giri und zeigt auf den Angeklagten Fish, der völlig apathisch dasitzt.

GIRI *schreiend:*
 Das ist der Mann, der mit verruchter Hand
 Den Brand gelegt hat! Die Petroleumkanne
 Hielt er an sich gedrückt, als ich ihn stellte.
 Steh auf, du, wenn ich mit dir sprech! Steh auf!
 Man reißt Fish hoch. Er steht schwankend.
DER RICHTER Angeklagter, reißen Sie sich zusammen. Sie stehen vor Gericht. Sie werden der Brandstiftung be-

8

(倉庫放火事件裁判。報道陣。裁判長。検事。弁護人。ドグズバロー・ジュニア。ジーリ。ジボラ。ドックデージー。用心棒。八百屋と被告のフィッシュ) 5

8a

(証人席のところにマヌエル・ジーリが立っていて、まったく無表情にそこに座っている被告のフィッシュを指さす) †24 10

ジーリ (叫ぶ)

これが極悪非道にも火事を引き起こした男です! この男を捕まえたとき石油缶を胸に抱きしめていました。私がしゃべっているときには立ってよ! 立て!

(フィッシュを無理やり立たせる。彼はよろけながら立つ) 15

裁判長 [散文] 被告、しゃんとしなさい。あなたは法廷に立っています。放火の嫌疑がか

schuldigt. Bedenken Sie, was für Sie auf dem Spiel steht!
FISH *lallt:*
Arlarlarl.
DER RICHTER
        Wo hatten Sie die Petroleumkanne
Bekommen?
FISH
      Arlarl.
Auf einen Blick des Richters beugt sich ein übereleganter Arzt finsteren Aussehens über Fish und tauscht dann einen Blick mit Giri.
DER ARZT
      Simuliert.
DER VERTEIDIGER
              Die Verteidigung verlangt Hinzuziehung anderer Ärzte.
DER RICHTER *lächelnd:*
          Abgelehnt.

倉庫放火事件裁判

フィッシュ けられているのです。危険にさらされていることをよく考えなさい！

裁判長 アウアウアウ。

フィッシュ （ろれつが回らない）アウアウ。　石油缶はどこで手に入れて

いたのですか？

医師 （裁判長が一瞥すると陰険な顔をした超エレガントな医師がフィッシュの上にかがみこみ、それからジーリに目くばせする）

弁護人 仮病を使っている。　　　　　　弁護人は

ほかの医師の召喚を要求します。

裁判長 （微笑む）却下。

8a Der Speicherbrandprozeß

DER VERTEIDIGER

Herr Giri, wie kam es, daß Sie an Ort und Stelle
Waren, als das Feuer im Speicher des Herrn Hook aus-
brach, das 22 Häuser in Asche legte?
GIRI

Ich machte einen Verdauungsspaziergang.
Einige Leibwächter lachen. Giri stimmt in das Lachen ein.
DER VERTEIDIGER

Ist Ihnen bekannt, Herr Giri, daß der Angeklagte
Fish ein Arbeitsloser ist, der einen Tag vor dem Brand
Zu Fuß nach Chikago kam, wo er zuvor niemals gewesen
War?
GIRI

    Was? Wenn?
DER VERTEIDIGER

                Trägt Ihr Auto die Nummer xxxxxxxx?
GIRI

Sicher.

倉庫放火事件裁判

弁護人　ジーリさん、フック氏の倉庫が火事になって二十二軒が全焼したとき、どうしてあなたはその場に居合わせたのですか？

ジーリ　腹ごなしに散歩をしていたのです。

(何人かの用心棒は笑う。ジーリもいっしょに笑う)

弁護人　ジーリさん、被告のフィッシュは失業者で放火の前日にそれまで来たこともないシカゴに歩いてやってきたということをご存知ですか？

ジーリ　何？　いつ？

弁護人　ジーリ　あなたの車のナンバーは××××××××××ですか？

ジーリ　間違いありません。

8a Der Speicherbrandprozeß

DER VERTEIDIGER

    Stand dieses Auto vier Stunden vor dem Brand
Vor Dogsboroughs Restaurant in der 87. Straße und
Wurde aus dem Restaurant der Angeklagte Fish in be-
wußtlosem Zustand geschleppt?

GIRI

                        Wie soll ich das
Wissen? Ich war den ganzen Tag auf einer Spazier-
fahrt nach Cicero, wo ich 52 Leute traf, die beschwö-
ren können, daß sie mich gesehen haben.
Die Leibwächter lachen.

DER VERTEIDIGER

Sagten Sie nicht eben, daß Sie in Chikago, in
Der Gegend der Docks, einen Verdauungsspaziergang
Machten?

GIRI

        Haben Sie was dagegen, daß ich in Cicero

倉庫放火事件裁判

弁護人　この車が火事の四時間前に八十七番街のドグズバローのレストランの前に止めてあり被告のフィッシュが意識を失った状態でレストランから引っ張っていかれたのではありませんか？

ジーリ　そんなこと知るわけがない。私は一日中、シセロに向かってドライブしていて、五十二人の人に会っているのです。彼らは私と会ったことを証言してくれます。

（用心棒はみんな笑う）

弁護人　あなたはちょうど今、シカゴのドックのあたりを腹ごなしに散歩していたとおっしゃったばかりじゃありませんか？

ジーリ　シセロで食事をして、シカゴで

Speise und in Chikago verdaue, Herr?
Großes, anhaltendes Gelächter, in das auch der Richter einstimmt. Dunkel. Eine Orgel spielt Chopins Trauermarschtrio als Tanzmusik.

8b

Wenn es wieder hell wird, sitzt der Gemüsehändler Hook im Zeugenstuhl.

DER VERTEIDIGER

Haben Sie mit dem Angeklagten jemals einen Streit
Gehabt, Herr Hook? Haben Sie ihn überhaupt jemals
Gesehen?
HOOK
     Niemals.
DER VERTEIDIGER
          Haben Sie Herrn Giri gesehen?
HOOK
Ja. Im Büro des Karfioltrusts am Tag des Brandes

8b

腹ごなしをしたことに異議を唱えられるのですか、あなたは？（大きな、絶え間ない笑い。裁判長までがその笑いに加わる。暗転。パイプオルガンがショパンの『葬送行進曲』をダンス音楽として奏でる）

（再び明るくなると、八百屋のフックが証人席に座っている）

弁護人　これまでに被告といざこざを起こされたことはありますか、フックさん？　そもそも被告と会ったことはあるのですか？

フック　一度もない。

弁護人　ジーリさんと会ったことはありますか？

フック　はい。私の倉庫が火事にあった日にカリフラワー・トラストの

8b Der Speicherbrandprozeß

Meines Speichers.
DER VERTEIDIGER
               Vor dem Brand?
HOOK
                             Unmittelbar vor
Dem Brand. Er ging mit vier Leuten, die Petroleumkannen trugen, durch das Lokal.
Unruhe auf der Pressebank und bei den Leibwächtern.
DER RICHTER
                            Ruhe auf der Pressebank!
DER VERTEIDIGER
An welches Grundstück grenzt Ihr Speicher Herr Hook?
HOOK
                    An das Grundstück der Reederei vormals
Sheet. Mein Speicher ist durch einen Gang mit dem Hof der Reederei verbunden.

事務所で。

弁護人　　火事の前に？

フック　　火事のすぐ前です。

　　彼は石油缶を持った四人の男といっしょにレストランから出ていきました。

（記者席と用心棒のあいだからざわめき）

裁判長　　記者席は静粛に！

フック　　フックさん、あなたの倉庫は誰の地所と隣接しているのですか？

弁護人　　フックさん、あなたの倉庫は誰の地所と隣接しているのですか？

フック　　以前シートのものだった船会社の地所とです。私の倉庫は船会社の中庭と地下道でつながっています。

8c Der Speicherbrandprozeß

DER VERTEIDIGER

Ist Ihnen bekannt, Herr Hook, daß Herr Giri
In der Reederei vormals Sheet wohnte und also
Zutritt zum Reedereigelände hat?
HOOK
                     Ja, als Lager-
verwalter.
Große Unruhe auf der Pressebank. Die Leibwächter machen Buh und nehmen eine drohende Haltung gegen Hook, den Verteidiger und die Presse ein. Der junge Dogsborough eilt zum Richter und sagt ihm etwas ins Ohr.
DER RICHTER

R u h e! Verhandlung ist wegen Unwohlseins des Angeklagten vertragt.
Dunkel. Die Orgel spielt wieder Chopins Trauermarschtrio als Tanzmusik.

8c

Wenn es hell wird, sitzt Hook im Zeugenstuhl. Er ist zusammengebrochen, hat einen Stock neben sich und Binden um den Kopf und über den Augen.

倉庫放火事件裁判

弁護人 フックさん、以前シートのものだった船会社にジーリ氏が住んでいて、したがって船会社の庭へも自由に出入りができるということはご存知ですか?

フック はい、

8c 倉庫管理人として。

（記者席に大きなどよめき。用心棒はブーイングで、フック、弁護人、記者席に威嚇的な態度をとる。ドグズバロー・ジュニアが裁判長に駆け寄り、何か耳打ちする）

裁判長 静粛に！ 審理は被告の体調不良のため延期します。

（暗転。パイプオルガンが再びショパンの『葬送行進曲』をダンス音楽として演奏する）

（再び明るくなると、フックが証人席に座っている。彼は虚脱状態で、ステッキを抱え、頭と目には包帯をしている）

8c Der Speicherbrandprozeß

DER ANKLÄGER
  Sehen Sie schlecht, Hook?
HOOK *mühsam:*
                    Jawohl.
DER ANKLÄGER
                    Können Sie
  Sagen, daß Sie imstand sind, jemand klar und
  Deutlich zu erkennen?
HOOK
                    Nein.
DER ANKLÄGER
                    Erkennen Sie zum Beispiel
  Diesen Mann dort?
  Er zeugt auf Giri.
HOOK
                    Nein.
DER ANKLÄGER
                    Sie können nicht sagen

検事	目がよく見えないのですか、フック？
フック	（何とか口を開いて）はい。
検事	ある人をはっきり見分けられると言えますか？
フック	いいえ。
検事	たとえばそこにいる男が誰だかわかりますか？（ジーリを指さす）
フック	いいえ。
検事	以前あの男に

Daß Sie ihn jemals gesehen haben?
HOOK
>Nein.

DER ANKLÄGER
Nun eine sehr wichtige Frage, Hook. Überlegen
Sie genau, bevor Sie sie beantworten. Die Frage
Lautet: Grenzt Ihr Speicher an das Grundstück
Der Reederei vormals Sheet?
HOOK *nach einer Pause:*
>Nein.

DER ANKLÄGER
>Das ist alles.

Dunkel. Die Orgel spielt weiter.

8e

Wenn es wieder hell wird, sitzt Giuseppe Givola im Zeugen-

8e

フック　会ったことがあると言えますか?

検事　いいえ。

フック　ここで重要な質問です、フックさん。よーく考えてから答えてください。質問はこうです。あなたの倉庫はかつてシートのものだった船会社に隣接していますか?

検事　フック(少し間をおいて)　いいえ。

以上です。

(暗転。パイプオルガンは演奏を続ける)

8e

[dは存在しない]

(再び明るくなるとジュセッペ・ジボラが証人席に座っている。少し離れて用心棒のグリーンウールが立つ

8e Der Speicherbrandprozeß

stuhl. Unweit steht der Leibwächter Greenwool.

DER ANKLÄGER
Es ist hier behauptet worden, daß im Büro des
Karfioltrusts einige Leute Petroleumkannen hinaus-
getragen haben sollen, bevor die Brandstiftung er-
folgte. Was wissen Sie davon?
GIVOLA
        Er kann sich nur um
Herrn Greenwool handeln.
DER ANKLÄGER
        Herr Greenwool ist Ihr An-
gestellter, Herr Givola?
GIVOLA
    Jawohl.
DER ANKLÄGER
      Was sind Sie von

検事　　　　（ている）カリフラワー・トラストの事務所から何人かが石油缶を運び出したらしく、その後、放火が行われたと、当法廷では主張されています。そのことについて何かご存知ですか？

ジボラ　　　それはグリーンウールさんにのみ関係することです。

検事　　　　グリーンウールさんはあなたの使用人ですね、ジボラさん？

ジボラ　　　そうです。

検事　　　　あなたの職業は

8e Der Speicherbrandprozeß

Beruf, Herr Givola?
GIVOLA
      Blumenhändler.
DER ANKLÄGER
          Ist das ein
Geschäft, in dem ein ungewöhnlich großer Gebrauch
Von Petroleum gemacht wird?
GIVOLA *ernst:*
        Nein. Nur gegen Blattläuse.
DER ANKLÄGER
Was machte Herr Greenwool im Büro des Karfiol-
trusts?
GIVOLA
  Er trug ein Lied vor.
DER ANKLÄGER
       Er kann also nicht
Gleichzeitig Petroleumkannen zum Speicher des Hook

検事　何ですか、ジボラさん？

ジボラ　花屋です。

検事　とてつもなくたくさんの石油を使う仕事なのですか？

ジボラ　（真剣に）いいえ。アブラムシ退治に使うくらいです。

検事　グリーンウール氏はカリフラワー・トラストの事務所で何をしていたのですか？

ジボラ　歌を歌っていました。

検事　それじゃ、彼が一時(いちどき)に石油缶をフックの倉庫に持っていったなんてことは

Geschafft haben.
GIVOLA
Völlig unmöglich. Er ist charakterlich nicht der
Mann, der Brandstiftungen begeht. Er ist ein Bariton.
DER ANKLÄGER
Ich stelle es dem Gericht anheim, den Zeugen Greenwool
Das schöne Lied singen zu lassen, das er im Büro
Des Karfioltrusts sang, während der Brand gelegt
Wurde.
DER RICHTER
Der Gerichtshof hält es nicht für nötig.
GIVOLA
Ich protestiere.
Er erhebt sich.
's ist unerhört, wie hier gehetzt
Wird; Jungens, waschecht im Blut, nur in zu vielem
Licht ein wenig schießend, werden hier behandelt

ジボラ　あり得ないわけですね。

まったく不可能です。彼の性格からして放火なんてする男じゃありません。彼はバリトン歌手です。

検事　放火の行われているあいだ、証人グリーンウールがカリフラワー・トラストの事務所で歌っていたすばらしい歌をもう一度ここで歌わせるかどうかの判断は当法廷に委ねたいと思います。

裁判長　当法廷ではそれは不要と考えます。

ジボラ　抗議します。

（立ち上がる）こんな追い立てられ方をするなんて前代未聞です。一途な若者をまばゆいばかりの光の中に連れ出して彼らがちょっと突っ走ると、ここじゃ厄介者のような

Als dunkle Existenzen. 's ist empörend.
Gelächter. Dunkel. Die Orgel spielt weiter.

8f

Wenn es wieder hell wird, zeigt der Gerichtshof alle Anzeichen völliger Erschöpfung.

DER RICHTER Die Presse hat Andeutungen darüber gebracht, daß der Gerichtshof von gewisser Seite einem Druck ausgesetzt sein könnte. Der Gerichtshof stellt fest, daß er von keiner Seite irgendeinem Druck ausgesetzt wurde und in völliger Freiheit amtiert. Ich denke, diese Erklärung genügt.
DER ANKLÄGER Euer Ehren! Angesichts des verstockt eine Dementia simulierenden Angeklagten Fish hält die Anklage weitere Verhöre mit ihm für unmöglich. Wir beantragen also...
DER VERTEIDIGER Euer Ehren! Der Angeklagte kommt zu sich!
Unruhe.
FISH *scheint aufzuwachen:* Arlarlwarlassrlarlawassarl.
DER VERTEIDIGER Wasser! Euer Ehren, ich beantrage des Verhör des Angeklagten Fish!
Große Unruhe.
DER ANKLÄGER Ich protestiere! Keinerlei Anzeichen deuten

8f

(再び明るくなったとき、法廷は完全に疲弊した様相を呈している)

(大きな笑い声。暗転。パイプオルガンは演奏を続ける)

裁判長　［二八五頁四行まで散文］マスコミは、当法廷はどこからも圧力をかけられているとほのめかしています。当法廷はどこからも圧力をかけられたことはなく、まったく自由に職務を遂行していると断言します。この説明で十分だと思いますが。

裁判長殿！　かたくなに痴呆を装う被告のフィッシュを目の前にして、検察側はこれ以上尋問を続けるのは無理だと判断します。そこでわれわれが提案したいのは……

弁護人　裁判長殿！　被告が正気を取り戻しました！

(ざわめき)

フィッシュ　(夢から覚めたように)アウバウアウバウアウ。

弁護人　水を！　裁判長殿、被告フィッシュへの尋問を要求します！

(大きなざわめき)

検事　異議あり！　被告はどう見ても正常な精神状態にあるとは思えません。これはす

8f Der Speicherbrandprozeß

darauf hin, daß der Fish bei klarem Verstand ist. Es ist alles Mache der Verteidigung, Sensationshascherei, Beeinflussung des Publikums!
FISH Wasser. *Er wird gestützt vom Verteidiger und steht auf.*
DER VERTEIDIGER Können Sie antworten, Fish?
FISH Jarl.
DER VERTEIDIGER Fish, sagen Sie dem Gericht: Haben Sie am 28. vorigen Monats einen Gemüsespeicher an den Docks in Brand gesteckt, ja oder nein?
FISH Neiwein.
DER VERTEIDIGER Wann sind Sie nach Chikago gekommen, Fish?
FISH Wasser.
DER VERTEIDIGER Wasser!
Unruhe. Der junge Dogsborough ist zum Richter getreten und redet auf ihn erregt ein.
GIRI *steht breit auf und brüllt:* Mache! Lüge! Lüge!
DER VERTEIDIGER Haben Sie diesen Mann *er zeigt auf Giri* früher gesehen?
FISH Ja. Wasser.
DER VERTEIDIGER Wo? War es in Dogsboroughs Restaurant an den Docks?
FISH *leise:* Ja.

て弁護団の仕組んだことです。ことさらセンセーショナルなものに仕立てて、傍聴人の気を引こうとしているのです。

フィッシュ　水。（弁護人に支えられ、立ちあがる）

弁護人　答えられますか、フィッシュ？

フィッシュ　ハウ。

弁護人　フィッシュ、法廷で言ってください。あなたは先月二十八日にドックの野菜倉庫に火をつけましたか？　イエスかノーか？

フィッシュ　ノアウ。

弁護人　フィッシュ、あなたはいつシカゴに来たのですか？

フィッシュ　水。

弁護人　水を！

ジーリ　（すくっと立ち上がり、わめく）ごまかしだ！　嘘だ！　嘘だ！

（ざわめき。ドグズバロー・ジュニアが裁判長に歩み寄り、興奮して説得する）

弁護人　あなたはこの男と（ジーリを指して）以前に会ったことがありますか？

フィッシュ　はい。水。

弁護人　どこで？　ドックにあるドグズバローのレストランで？

フィッシュ　（小声で）はい。

8f Der Speicherbrandprozeß

Große Unruhe. Die Leibwächter ziehen die Brownings und buhen. Der Arzt kommt mit einem Glas gelaufen. Er flößt den Inhalt Fish ein, bevor der Verteidiger ihm das Glas aus der Hand nehmen kann.

DER VERTTEIDIGER Ich protestiere! Ich verlange Untersuchung des Glases hier!

DER RICHTER *wechselt mit dem Ankläger Blicke:* Antrag abgelehnt.

DER VERTEIDIGER

Euer Ehren!
Man will den Mund der Wahrheit, den mit Erd
Man nicht zustopfen kann, hier mit Papier
Zustopfen, einem Urteil Euer Ehren
Als hoffte man, Ihr wäret Euer Schanden!
Man schreit hier der Justiz zu: Hände hoch!
Soll unsre Stadt, in einer Woch gealtert
Seit sie sich stöhnend dieser blutigen Brut
Nur weniger Ungetüme wehren muß
Jetzt auch noch die Justiz geschlachtet sehn
Nicht nur geschlachtet, auch geschändet, weil
Sich der Gewalt hingebend? Euer Ehren

（おおきなざわめき。用心棒はライフル銃を取り出し、やじる。医師がコップを受け取る前に、医師はコップの中身をフィッシュに流し込んでしまう）

弁護人　抗議します！　このコップの中身の調査を要求します！

裁判長　（検事と視線を交わし合って）要求を却下します。

弁護人　裁判長殿！
土くれでもふさげない真実を語る口をここでは紙一枚でふさごうとしているのです。あなたの判決で。あなたの名誉が地に落ちるのをみんな望んでいるかのように。
当法廷に「手を上げろ！」と声がかかっているのです。
われわれの町はうめきながら、こうした血みどろの、ろくでもないチンピラから身を護らざるを得なくなりました。
それから一週間しかたっていないのに、われわれの町は殺された当法廷の姿を見せられるのですか？　辱（はずかし）められているのです。
殺されただけではなく、辱められているのです。
なぜならば町は暴力の言いなりなのですから。裁判長殿、

8f Der Speicherbrandprozeß

Brecht dies Verfahren ab!
DER ANKLÄGER
                     Protest! Protest!
GIRI
Du Hund! Du ganz bestochner Hund! Du Lügner!
Giftmischer selbst! Komm nur heraus von hier
Und ich reiß dir die Kutteln aus! Verbrecher!
DER VERTEIDIGER
Die ganze Stadt kennt diesen Mann!
GIRI *rasend:*
                        Halt's Maul!
Da der Richter ihn unterbrechen will.
Auch du! Auch du halt's Maul! Wenn dir dein Leben
                                      lieb ist!
Da er nicht mehr Luft bekommt, gelingt es dem Richter, das Wort zu ergreifen.
DER RICHTER Ich bitte um Ruhe! Der Verteidiger wird wegen Mißachtung des Gerichts sich zu verantworten haben. Herrn Giris Empörung ist dem Gericht sehr verständlich. *Zum Verteidiger:* Fahren Sie fort!
DER VERTEIDIGER Fish! Hat man Ihnen in Dogsboroughs Re-

検事　この裁判を中止してください！

ジーリ　反対！　反対！

弁護人　おまえの臓物を抜き出してやるから！　犯罪者、自らが毒殺者！　一歩でもここから出てみろ、この犬！　このまったく買収された犬め！　この嘘つき！

ジーリ（怒り狂って）　町中がこの男のことを知っている！

弁護人　黙れ！

（裁判長がジーリの発言を遮ろうとするので）

あんたもだ！　あんたも黙れ！　命が惜しければ！

（ジーリの息が切れたので、裁判長は発言できる）

裁判長　[ここから六行散文] どうか静粛に！　弁護人は法廷侮辱の責任を取ってもらわねばならないでしょう。ジーリ氏の怒りは当法廷もよく理解できます。（弁護人に）続けて！

弁護人　フィッシュ！　ドグズバローのレストランで何か飲み物をもらいましたか？

staurant zu trinken gegeben? Fish! Fish!
FISH *schlaff den Kopf sinken lassend:* Arlarlarl.
DER VERTEIDIGER Fish! Fish! Fish!
GIRI *brüllend:*
  Ja, ruf ihn nur! Der Pneu ist leider platt!
  Wolln sehn, wer Herr ist hier in dieser Stadt!
  Unter großer Unruhe wird es dunkel. Die Orgel spielt weiter Chopins Trauermarschtrio als Tanzmusik.

8g

Wenn es zum letzten Mal hell wird, steht der Richter und verkündet mit tonloser Stimme das Urteil. Der Angeklagte Fish ist kalkweiß.

DER RICHTER Charles Fish, wegen Brandstiftung verurteile ich Sie zu fünfzehn Jahren Kerker.

Eine Schrift taucht auf:
IN EINEM GROSSEN PROZESS, DEM REICHSTAGSBRANDPROZESS, VERURTEILTE DAS REICHSGERICHT ZU LEIPZIG EINEN GEDOPTEN ARBEITSLOSEN ZUM TOD. DIE BRANDSTIFTER GINGEN FREI AUS.

8g 倉庫放火事件裁判

フィッシュ！ フィッシュ！

フィッシュ！（だらしなく頭を下げて）アウアウアウ。

弁護人 フィッシュ！ フィッシュ！ フィッシュ！ フィッシュ！

ジーリ（わめく）

やつの名を呼べばいい！ タイヤはパンクしているのだ！

誰がこの町の主なのかわかるようになるだろう。

（大きなどよめきのうちに暗転。パイプオルガンはショパンの『葬送行進曲』をダンス音楽として演奏し続ける）

8g

裁判長　チャールズ・フィッシュを放火罪により懲役十五年の刑に処します。

（最後に明るくなると、裁判長は起立し、抑揚のない声で判決を言い渡す。被告フィッシュは真っ青である）

（文字が浮かび上がる）

大きな裁判である国会議事堂放火事件の裁判で、ライプツィヒのドイツ帝国最高裁判所は興奮剤を飲まされた失業者に死刑の判決を下した。

9a

*Cicero. Aus einem zerschossenen Lastkraftwagen klettert eine
Blutüberströmte Frau und taumelt nach vorn.*

DIE FRAU

Hilfe! Ihr! Lauft nicht weg! Ihr müßt's bezeugen!
Mein Mann im Wagen dort ist hin! Helft! Helft!
Mein Arm ist auch kaputt... und auch der Wagen!
Ich bräucht 'nen Lappen für den Arm... Sie schlachten uns
Als wischten sie von ihrem Bierglas Fliegen!
O Gott! So helft doch! Niemand da... Mein Mann!
Ihr Mörder! Aber ich weiß, wer's ist! Es ist
Der Ui!
Rasend.
    Untier! Du Abschaum allen Abschaums!
Du Dreck, vor dem's dem Dreck graust, daß er sagt:
Wo wasch ich mich? Du Laus der letzen Laus!

9a

（シセロ。銃弾で破壊されたトラックから血まみれの女が這い出してきて、前方によろめいて出る）

女

助けて！　みんな！　逃げないで！　証言して！
夫が車の中で死んでいます！　助けて！　助けて！
私の腕もめちゃめちゃ……車もめちゃめちゃ！
夫の腕の傷に布切れがほしいのですが……あの人たちは自分たちの
ビールのグラスからハエを拭い取るみたいに私たちを殺すのです！
神さま！　お助けください！　誰もいない……私の夫も！
人殺し！　でも誰が犯人か知っています！　それは
あのウイです！

（怒り狂って）

　　　　　　　残忍な人！　あんたは屑の中の屑！
あんたはほかのゴミがぞっとするほどのゴミで、どこで体を
洗えばいいか聞くほどです。あんたはもっとも下等なシラミ！

Und alle dulden's! Und wir gehen hin!
Ihr! 's ist der Ui! Der Ui!
*In unmittelbarer Nähe knattert ein Maschinengewehr,
und sie bricht zusammen.*
                              Ui und der Rest!
Wo seid ihr? Helft! Stoppt keiner diese Pest?

9

*Dogsboroughs Landhaus. Nacht gegen Morgen. Dogsborough
schreibt sein Testament und Geständnis.*

DOGSBOROUGH

So habe ich, der ehrliche Dogsborough
In alles eingewilligt, was dieser blutige Gang
Angezettelt und verübt, nachdem ich achtzig
Winter mit Anstand getragen hatt. O Welt!
Ich hör, die mich von früher kennen, sagen
Ich wüßt von nichts, und wenn ich's wüßt, ich würd

9

（ドグズバローの別荘。明け方近く。ドグズバローは彼の遺言状と懺悔録を書いている）

ドグズバロー
　こうして、八十年の齢(よわい)を礼儀正しく重ねた私こと、正直者のドグズバローはあの血みどろのギャングを煽動し、実行することをすべて認めるようになってしまった。ああ、世の中よ！　昔から私を知っている連中は「あいつは何も知らなかった」と言っているそうだ。「もし知っていたら絶対に許しは

だのにみんな我慢している！　そして私たちは死んでゆく！　みんな！　犯人はウイです！　あのウイです！
（すぐそばで機関銃が鳴り、彼女は倒れる）
どこにいるの？　助けて！　誰もこのペストを止められないの？　　　ウイとその残党です！

9 Dogsboroughs Landhaus

Es niemals dulden. Aber ich weiß alles.
Weiß, wer den Speicher Hooks anzündete.
Weiß, wer den armen Fish verschleppte und betäubte.
Weiß, daß der Roma bei dem Sheet war, als
Der blutig starb, im Rock das Schiffsbillett. 5
Weiß, daß der Giri diesen Bowl abschoß
An jenem Mittag vor dem Stadthaus, weil
Er zuviel wußt vom ehrlichen Dogsborough.
Weiß, daß er Hook erschlug, und sah ihn mit Hooks Hut.
Weiß von fünf Morden des Givola, die ich 10
Beiliegend anführ, und weiß alles vom Ui und daß
Der alles wußt, von Sheets und Bowls Tod bis zu
Den Morden des Givola und alles vom Brand.
Dies alles wußt ich, und dies alles hab ich
Geduldet, ich, euer ehrlicher Dogsborough, aus Gier 15
Nach Reichtum und aus Angst, ihr zweifelt an mir.

しないだろう」と。ところが私はすべてを知っている。フックの倉庫に火をつけたのは誰かも知っている。哀れなフィッシュをしょっ引いて、気絶させたのが誰かも知っている。シートが上着に船の切符を入れていたまま、血まみれで死んだときローマがシートのところに来ていたことも知っている。ジーリがあの日の昼、市議会の前でボウルを射殺したことも知っている。やつが正直者のドグズバローのことを知りすぎているという理由からだ。ジーリがフックを虐殺したことも知っている。やつはフックの帽子をかぶっていた。ジボラの五件の殺人のことも知っている。これらについては書き記して同封しておいた。ウイのこともすべて知っているし、ウイがシートとボウルの死からジボラの殺人、放火事件の全容に至るまですべて知っているということもわかっている。私はすべてを知っており、そしてこうしたすべてのことを黙認してきたのだ。私こと、正直者のドグズバローは富への欲望とあなたたちから嫌疑がかかるという不安からそうしたのだ。

10

Mamouthhotel. Suite des Ui. Ui liegt in einem tiefen Stuhl und stiert in die Luft. Givola schreibt etwas, und zwei Leibwächter schauen ihm grinsend über die Schulter.

GIVOLA
  So hinterlaß ich, Dogsborough, dem guten
  Fleißigen Givola meine Kneipe, dem tapfern
  Nur etwas hitzigen Giri hier mein Landhaus
  Dem biedern Roma meinen Sohn. Ich bitt euch
  Den Giri zum Richter zu machen und den Roma
  Zum Polizeichef, meinen Givola aber
  Zum Armenpfleger. Ich empfehl euch herzlich
  Arturo Ui für meinen eigenen Posten.
  Er ist seiner würdig. Glaubt das eurem alten
  Ehrlichen Dogsborough! – Ich denk, das reicht.

（マンモスホテル。ウイのスイートルーム。ウイは深い椅子に身を横たえ、虚空をぼんやり眺めている。ジボラは何か書いている。二人の用心棒がにたにた笑いながら彼の肩越しに眺めている）

ジボラ
ゆえに私（わたくし）、ドグズバローは善良で勤勉なジボラには私の居酒屋を、勇敢でただちょっと激しやすいジーリにはわが子の別荘を、誠実なローマにはわが息子を託す。願わくばジーリを裁判官にしてほしい。そしてローマを警察署長に、しかしわがジボラは民生委員になされたし。私は心から私のポストの後継者にアルトゥロ・ウイを推挙する。彼はこのポストにふさわしい。諸君の誠実な老ドグズバローを信じなさい！――これで十分だろう。

Und hoff, er kratzt bald ab. – Dies Testament
Wird Wunder wirken. Seit man weiß, er stirbt
Und hoffen kann, den Alten halbwegs schicklich
In saubre Erd zu bringen, ist man fleißig
Beir Leichenwäscherei. Man braucht 'nen Grabstein
Mit hübscher Inschrift. Das Geschlecht der Raben
Lebt ja seit alters von dem guten Ruf
Des hochberühmten weißen Raben, den
Man irgendwann und irgendwo gesehn hat.
Der Alte ist nun mal ihr weißer Rabe
So sieht ihr weißer Rabe nun mal aus.
Der Giri, Chef, ist übrigens zuviel
Um ihn, für meinem Geschmack. Ich fand's nicht gut.

UI *auffahrend:*
Giri? Was ist mit Giri?

GIVOLA
                Ach, ich sage

あいつはすぐにくたばるはずだ。——この遺書が奇跡的な力を発揮する。あのじじいが死ぬことがはっきりして、ある程度上手に、きれいな土に埋めることができるとわかってから、みんな亡骸を洗うことに懸命だ。立派な名前が刻まれた墓石も必要だ。カラスの一族は昔からいつかどこかで見たことがある、とても有名な白ガラスの名声のおかげで生きてきた。
あのじじいは言ってみればこの白ガラスだ。カラスの一族の白ガラスはまあこんな姿をしている。ボス、ジーリは俺から言うと、あのじじいのことにとにかく関わりすぎる。こいつは気に食わない。

ウイ（腹を立てて）ジーリ？ ジーリがどうした？

ジボラ　なあに、ドグズバローの件で

10 Mamouthhotel

Er ist ein wenig viel um Dogsborough.
UI

Ich trau ihm nicht.
Auftritt Giri, einen neuen Hut auf, Hooks.
GIVOLA

        Ich auch nicht! Lieber Giri
Wie steht's mit Dogsboroughs Schlagfluß?
GIRI

               Er verweigert
Dem Doktor Zutritt.
GIVOLA

        Unserm lieben Doktor
Der Fish so schön betreut hat?
GIRI

           Einen andern
Laß ich nicht ran. Der Alte quatscht zuviel.
UI

Vielleicht wird auch vor ihm zuviel gequatscht...

ウイ　あいつはちょっぴり出しゃばりすぎだと言ってるんだ。

ジボラ　俺はあいつを信用していない。

（ジーリが登場。新しい帽子をかぶっている。フックの帽子を）

ジーリ　ドグズバローの卒中の発作の具合はどうだ？

ジボラ　俺も信用してない！　おい、ジーリ　あいつは医者を入れさせない。

ジーリ　俺たちの親切な医者をか？　フィッシュの面倒をよく見てくれた　ほかの医者は誰も近寄らせない。じじいめ、おしゃべりが多すぎる。

ウイ　あいつの前でよけいなことをしゃべるやつがいるのかも……

10 Mamouthhotel

GIRI
Was heißt das?
Zu Givola:
                Hast du Stinktier dich hier wieder
Mal ausgestunken?
GIVOLA *besorgt:*
                Lies das Testament
Mein lieber Giri!
GIRI *reißt es ihm heraus:*
                Was, der Roma Polizeichef?
Seid ihr verrückt?
GIVOLA
                Er fordert's. Ich bin auch
Dagegen, Giri. Unserm Roma kann man
Leider nicht übern Weg trauen.
Auftritt Roma, gefolgt von Leibwächtern.
GIVOLA
                Hallo, Roma!

ジーリ　どういうことだ？
　　　　(ジボラに)
ジボラ　(心配して)　一発かましたな？　このスカンク野郎、また
　　　　遺言状を読んでみろ、
ジーリ　(遺言状をひったくる)　何、ローマが警察署長だって？
ジボラ　おまえら、気でも狂ったのか？
ジーリ　なあ、ジーリ！
ジボラ　あいつの要求だ。俺だって反対だ、ジーリ。ローマってやつは残念ながら全然信用できない。
　　　　(ローマ登場。用心棒を従えて)
ジボラ　ハロー、ローマ！

Lies hier das Testament!
ROMA *reißt es Giri heraus:*
       Gib her! So, Giri
Wird Richter. Und wo ist der Wisch des Alten?
GIRI
Er hat ihn noch und sucht ihn rauszuschmuggeln.
Fünfmal schon hab ich seinen Sohn ertappt.
ROMA *streckt die Hand aus:*
Gib ihn raus, Giri.
GIRI
      Was? Ich hab ihn nicht.
ROMA
Du hast ihn, Hund.
Sie stehen sich rasend gegenüber.
ROMA
       Ich weiß, was du da planst.
Die Sach mit Sheet drin geht mich an.

ローマ　（ジーリから遺言状をひったくる）　この遺言状を読んでくれ！　裁判官か。それでどこにじじいのくだらぬ文書があるのだ？

ジーリ　よこせ！　へえ、ジーリがあいつはそれをまだ持っていて、ひそかに持ち出そうとしているのだ。もう五回もじじいの息子を取り押さえたのだけど。

ローマ　（手を伸ばす）出すのだ、ジーリ。

ジーリ　何だって？　俺は持っていない。

ローマ　持ってるだろう、犬め。
（二人は怒り狂って向かい合う）

ローマ　おまえが何を考えているかはわかっている。そこに書かれているシートの件は俺と関係がある。

10 Mamouthhotel

GIRI
                              's ist auch
Die Sach mit Bowl drin, die mich angeht!
ROMA
                                 Sicher.
Aber ihr seit Schurken und ich bin ein Mann.
Ich kenn dich, Giri, und dich, Givola, auch!
Dir glaub ich nicht einmal dein kurzes Bein.
Warum treff ich euch immer hier? Was plant ihr?
Was zischeln sie dir über mich ins Ohr, Arturo?
Geht nicht zu weit, ihr! Wenn ich etwas merk
Wisch ich euch alle aus wie blutige Flecken!
GIRI
Red du zu mir nicht wie zu Meuchelmördern!
ROMA *zu den Leibwächtern:*
Da meint er euch! So redet man von euch jetzt!
Im Hauptquartier! Als von den Meuchelmördern!

ジーリ　書かれていて、俺と関係がある！　　　　　ボウルの件も

ローマ　もちろんだ。

ジーリ　でもおまえらは悪党だが、俺は男一匹だ。それにおまえ、ジボラも！おまえのことは知っている。どうして俺はいつもここでおまえらと会っているのだ？　何を企んでいる？おまえの足が悪いというのもからきし信用できない。やつらは俺についてどんなことをおまえらに吹き込んでいるのだ、アルトゥロ？おまえら、あんまり調子に乗るな！　もし何か気になるようならおまえらなんか血のしみみたいに消してしまうからな！

ローマ　（用心棒たちに）やつはおまえらのことを言ってるんだ！　今おまえらのことが話題になっている！

ジーリ　俺に暗殺者に対するような口のきき方をするな！司令部では！　暗殺者の話として！

10 Mamouthhotel

Sie sitzen mit den Herrn vom Karfioltrust
auf Giri deutend
– das Seidenhemd kommt von Clarks Schneider –
Ihr macht ihre schmutzige Arbeit.
Zum Ui:
                     Und du duldest's.
UI *wie aufwachend:*
Was duld ich?
GIVOLA
            Daß er Lastwagen von Caruther
Beschießen läßt! Caruther ist im Trust.
UI
Habt ihr Lastwagen Caruthers angeschossen?
ROMA
Das war nur eine eigenmächtige Handlung
Von ein paar Leuten von mir. Die Jungens können
Nicht immer verstehn, warum stets nur die kleinen

やつらはカリフラワー・トラストのお歴々と座っている。
（ジーリを指して）
——この絹のワイシャツはクラーク氏お抱えの仕立て屋のものだ——
おまえらは連中のいかがわしい仕事をしている。

（ウィに）

そしておまえはそれを黙認している。

ウィ　（目が覚めたように）
何を黙認しているって？

ジボラ
撃たせたことを！　ローマがキャラザーのトラックを撃ったのか？

ウィ
おまえらがキャラザーのトラックを

ローマ
キャラザーはトラストの人間だ。

ローマ
それは俺の子分の二、三人が勝手にやった行動だ。若い衆はどうしていつも小さなおんぼろ店だけが

Verreckerläden schwitzen und bluten sollen
Und nicht die protzigen Garagen auch.
Verdammt, ich selbst versteh's nicht immer, Arturo!
GIVOLA

Der Trust rast jedenfalls.
GIRI
      Clark sagte gestern
Sie warten nur, daß es noch einmal vorkommt.
Er war beim Dogsborough deshalb.
UI *mißgelaunt:*
      Ernesto
So was darf nicht passieren.
GIRI
      Greif da durch, Chef!
Die Burschen wachsen dir sonst übern Kopf!
GIVOLA

Der Trust rast, Chef!

ジボラ　トラストはともかく怒り狂っているよ。

ジーリ　　　　　　　　　クラークは昨日言った。エルネスト、

ウイ　（不機嫌に）そのためにやつはドグズバローのところに行ったのだ。

　こんなことが二度と起きないようただ待つだけだと。

ジーリ　そんなことがあってはいかん。　　　断固とした処置をとれ、ボス！

　さもないとこいつらは手に負えなくなる。

ジボラ　トラストは怒り狂っているぞ、ボス！

血や汗を流さないといけないのか、時どき理解できない。やたら豪華なガレージはのほほんとしていられるのに。ちくしょう、こればかりは俺自身もわからないときがある、アルトゥロ！

ROMA *zieht den Browning, zu den beiden:*
So, Hände hoch!
Zu ihren Leibwächtern:
                    Ihr auch!
Alle die Hände hoch und keine Späße!
Und an die Wand!
Givola, seine Leute und Giri heben die Hände hoch und treten lässig an die Wand zurück.
UI *teilnahmslos:*
                    Was ist denn los, Ernesto
Mach sie mir nicht nervös! Was streitet ihr?
Ein Schuß auf einen Grünzeugwagen! So was
Kann doch geordnet werden. Alles sonst
Geht wie geschmiert und ist in bester Ordnung.
Der Brand war ein Erfolg. Die Läden zahlen.
Dreißig Prozent für etwas Schutz! In weniger
Als einer Woche wurd ein ganzer Stadtteil
Aufs Knie gezwungen. Keine Hand erhebt sich

ローマ　(ライフル銃を取り出し、二人に向ける)
　　　　さあ、手を上げろ!
　　　　(二人の用心棒にも)
　　　　みんな手を上げろ!　おまえらもだ!
　　　　壁のところに行け!　ふざけるんじゃない!
　　　　(ジボラ、その子分、ジーリが手を上げ、のろのろと壁のほうに後退する)
ウイ　(無関心に)　いったいどうしたのだ、エルネスト?　おまえらは何を争っているのだ?　俺をいらいらさせるな!　八百屋のトラックに発砲した一発の銃弾が原因だなんて!　そんなことはいずれけりがつくことだ。この件以外はすべて順調に進んでいる。しかもいちばんいい具合に。火事は大成功だった。八百屋は金を支払っている。ちょっと護衛をしたら三割の報酬だ!　一週間たらずで町全体がわれわれの足元にひざまずかざるを得ない。われわれに向かって

Mehr gegen uns. Und ich hab weitere
Und größere Pläne.
GIVOLA *schnell:*
                Welche, möcht ich wissen!
GIRI

Scheiß auf die Pläne! Sorg, daß ich die Arme
Heruntertun kann!
ROMA
         Sicherer, Arturo
Wir lassen ihre Arme droben!
GIVOLA
                  's wird nett aussehn
Wenn Clark hereinkommt und wir stehn so da!
Ernesto, steck den Browning weg!
ROMA
                 Nicht ich.
Wach auf, Arturo! Siehst du denn nicht, wie sie

手を振り上げるやつはもういない。そして俺には
これから先、もっと大きな計画がある。

ジボラ　　どのような？　知りたいものだ！

ジーリ　　計画なんてくそくらえだ！　とにかく上げた腕を
　　　　　下ろせるようにしてくれ！

ローマ　　こいつらの手は上げたままにしておこう！

ジボラ　　　　　　　　　　用心のためだ、アルトゥロ、
　　　　　俺たちがまだこうしていたら、いい眺めだよ。
　　　　　エルネスト、ライフル銃をしまえ！　クラークが入ってきても

ローマ　　　いやだ。
　　　　　目を覚ませ、アルトゥロ！　連中がおまえを担ぎ出そうと

Mit dir ihr Spiel treiben? Wie sie dich verschieben
An diese Clarks und Dogsboroughs! »Wenn Clark
Hereinkommt und uns sieht!« Wo sind die Gelder
Der Reederei? Wir sehen nichts davon.
Die Jungens knallen in die Länden, schleppen
Kannen nach Speichern, seufzend: Der Arturo
Kennt uns nicht mehr, die alles für ihn machten.
Er spielt den Reeder und den großen Herrn.
Wach auf, Arturo!
GIRI
      Ja, und kotz dich aus
Und sag uns, wo du stehst.
UI *springt auf:*
      Heißt das, ihr setzt
Mir die Pistole auf die Brust? Nein, so
Erreicht man bei mir gar nichts. So nicht. Wird mir
Gedroht, dann hat man alles Weitere sich

しているのがわからないのか？　おまえをあのクラークやドグズバローに押しつけようとしているのが！「もしクラークが入ってきてわれわれを見たら！」だって。どこにもない。船会社の金はどこに行ったのだ？　どこにもない。若い衆は店でドンパチやったり、倉庫にため息つきながら石油缶を運んだりしているのに。つまりアルトゥロはすべてをやつのために捧げてきた俺たちにはよそよそしいってことだ。やつは船主みたいに偉そうに振る舞っている。目を覚ますんだ、アルトゥロ！

ジーリ　　そうだ、悩みをぶちまけろ。

そしてどっちについているか教えろ。

ウイ　（飛び上がる）　おまえら、俺の胸に拳銃を突きつける気か？　駄目だよ、この俺にそんな手を使っても無駄だ。そいつは駄目だ。俺を脅すなら、これからのことはすべて自分で

10 Mamouthhotel

Selbst zuzuschreiben. Ich bin ein milder Mann.
Doch Drohungen vertrag ich nicht. Wer nicht
Mir blind vertraut, kann seines Wegs gehn. Und
Hier wird nicht abgerechnet. Bei mir heißt es:
Die Pflicht getan, und bis zum Äußersten! 5
Und ich sag, was verdient wird; denn Verdienen
Kommt nach dem Dienen! Was ich von euch fordre
Das ist Vertraun und noch einmal Vertraun!
Euch fehlt der Glaube! Und wenn dieser fehlt
Ist alles aus. Warum konnt ich das alles 10
Schaffen, was meint ihr? Weil ich den Glauben hatte!
Weil ich fanatisch glaubte an die Sache!
Und mit dem Glauben, nichts sonst als dem Glauben
Ging ich heran an diese Stadt und hab
Sie auf die Knie gezwungen. Mit dem Glauben kam ich 15
Zum Dogsborough, und mit dem Glauben trat ich
Ins Stadthaus ein. In nackten Händen nichts

背負わねばならない。俺は温厚な人間だ。
でも脅迫には我慢できない。俺を盲目的に
信頼できないやつは、自分の道を行けばよい。それなら
決着をつける必要はない。俺のもとで重要なのは
義務を果たすこと、しかもとことんまで！
そうすればその報酬が何か教えてやる。というのは報酬は
奉仕の後で得られるものだからだ！　おまえらに求めるのは
一にも信頼、二にも信頼だ！
おまえらには信念が足りない！　そしてもし信念が足りなければ
万事休すだ。俺がこれまであらゆることを成し遂げることが
できたのは、どうしてだと思う？　信念を持っていたからだ！
熱狂的にそのことを信じてきたからだ！
そして信念を持って——まさしく信念以外の
何ものでもないが——この町に接近し
そしてこの町をひざまずかせたのだ。
信念を持って俺はドグズバローに近づいた。不動の信念以外は
そして信念を持って市議会に足を踏み入れた。

Als meinen unerschütterlichen Glauben!
ROMA
                              Und
Den Browning!
UI
           Nein. Den haben andre auch.
Doch was sie nicht haben, ist der feste Glaube
Daß sie zum Führer vorbestimmt sind. Und so müßt ihr
Auch an mich glauben! Glauben müßt ihr, glauben!
Daß ich das Beste will für euch und weiß
Was dieses Beste ist. Und damit auch
Den Weg ausfind, der uns zum Sieg führt. Sollte
Der Dogsborough abgehn, werde ich bestimmen
Wer hier was wird. Ich kann nur eines sagen:
Ihr werdet zufrieden sein.
GIVOLA *legt die Hand auf die Brust:*
                    Arturo!

ローマ　まったくの空手で行動を起こしたのだ！

　　　　　　　　　　　　それと

ウイ　ライフル銃だ！

　　　違う。銃ならほかのやつらも持っている。ほかのやつらが持っていないのは、確固たる信念だ。自分こそが天性の指導者だという信念だ。これだけ聞けばおまえらは俺を信じざるをえまい！　信じろ！　信じるのだ！　俺がおまえらのために最善なものを求め、何が最善なのかを知っているということを信じるのだ。それとともにわれわれを勝利に導く道も見つけ出していることを。もしドグズバローが去ったら、誰が何になるかは俺が決めよう。俺が言えることはただ一つ。おまえらは満足するだろう。

ジボラ（手を胸にあてて）　アルトゥロ！

10 Mamouthhotel

ROMA *mürrisch:*
                        Schwingt euch!
Giri, Givola und die Leibwächter des Givola gehen, Hände hoch, langsam hinaus.
GIRI *im Abgehen zu Roma:*
  Dein Hut gefällt mir.
GIVOLA *im Abgehen:*
                  Teurer Roma...
ROMA
                        Ab!
Vergiß das Lachen nicht, Clown Giri, und
Dieb Givola, nimm deinen Klumpfuß mit
Wenn du auch den bestimmt gestohlen hast!
Wenn sie draußen sind, fällt Ui in sein Brüten zurück.
UI
  Laß mich allein!
ROMA
          Arturo, wenn ich nicht

ローマ　（不機嫌に）消え失せろ！

ジーリ　（退場しながらローマに）

（ジーリ、ジボラ、そしてジボラの用心棒が両手を上げてゆっくりと出ていく）

ジボラ　（退場しながら）

おまえの帽子は気に入った。

ローマ　　　　　親愛なるローマ……

　　　　その笑いを忘れるな、道化のジーリ。そして
　　　　盗人ジボラ、おまえのエビ足を持っていけ。
　　　　もしおまえもこの足を盗んできたのなら！

　　　　（彼らが出ていくと、ウィは再び考えにふける）

ウィ　　出ていけ！

ローマ　一人にさせてくれ！

　　　　　　　アルトゥロ、もし俺が

Grad diesen Glauben hätt an dich, den du
Beschrieben hast, dann wüßt ich manchmal nicht
Wie meinen Leuten in die Augen blicken.
Wir müssen handeln! Und sofort! Der Giri
Plant Schweinerein!
UI
     Ernesto! Ich plan neue
Und große Dinge jetzt. Vergiß den Giri!
Ernesto, dich als meinen ältesten Freund
Und treuen Leutnant will ich nunmehr einweihn
In meinen neuen Plan, der weit gediehn ist.
ROMA *strahlend:*
Laß hören! Was ich dir zu sagen hab
Betreffs des Giri, kann auch warten.
Er setzt sich zu ihm. Seine Leute stehen wartend in der Ecke.
UI
      Wir sind

ウイ　おまえの言ったような自分自身への信頼を持ち合わせていないのなら、それこそ時として子分の目をまともに見られないだろう。相談しなければいけない！　ただちに！　ジーリはひどいことを企んでいる！

　　　　エルネスト！　俺は今新しく遠大なことを計画している。ジーリを忘れるのだ！　エルネスト、俺のいちばん古い友だちであり忠実な片腕であるおまえに、俺の新しい計画を今から打ち明けよう。この計画は大いに将来性がある。

ローマ　（顔を輝かせて）聞かせろ！　ジーリのことに関しておまえに言わねばならないことは後回しでもいい。

ウイ　（ウイのところに腰を下ろす。彼の子分たちは隅で立って待っている）
　　　　　　　　シカゴのことは

10 Mamouthhotel

Durch mit Chikago. Ich will mehr haben.
ROMA
       Mehr?
UI
's gibt nicht nur hier Gemüsehandel.
ROMA
       Nein.
Nur, wie woanders reinstiefeln?
UI
       Durch die Fronttür
Und durch die Hintertür. Und durch die Fenster.
Verwiesen und geholt, gerufen und verschrien.
Mit Drohn und Betteln, Werben und Beschimpfen.
Mit sanfter Gewalt und stählerner Umarmung.
Kurz, so wie hier.
ROMA
  Nur: anderswo ist's anders.

ローマ　もう済ませた。もっと多くを得たい。

ウイ　　もっと多くを?

ローマ　八百屋の商売はここだけではない。

ウイ　　そうだな。

ローマ　ただ、どうやって乗り込むかだ?

ウイ　　正面玄関からだ。

ローマ　そして裏口から。そして窓からも。

ウイ　　追い出されたり、連れてこられたり、呼び寄せられたり、罵られたりして。脅迫したり、懇願したり、宣伝したり、罵ったりしながら。穏やかな暴力や強靭な抱擁も用いて。要するにここでやってきたように。

ローマ　しかしな、ところ変われば品変わる。

UI

  Ich denk an eine förmliche Generalprob
  In einer kleinen Stadt. Dann wird sich zeigen
  Ob's anderswo anders ist. Was ich nicht glaub.

ROMA

  Wo willst du die Generalprob steigen lassen?

UI

  In Cicero.

ROMA

           Aber dort ist dieser Dullfeet
  Mit seiner Zeitung für Gemüsehandel
  Und innere Sammlung, der mich jeden Samstag
  Sheets Mörder schimpft.

UI

               Das müßt aufhörn.

ROMA

                   Es könnt.

ウイ　小さな町で正式に通し稽古をやってみようと考えている。
　　　そうすればほかの町で通用するかどうかがわかる。
　　　大丈夫だと信じているのだけれど。

ローマ　どこで通し稽古をやってみるつもりだ？

ウイ　シセロでだ。

ローマ　でもあそこには野菜の取引や精神統一のための新聞を発行しているダルフィートがいて土曜日ごとに俺のことをシートの殺害者だと罵倒している。

ウイ　そのうちやむさ。

ローマ　かもしれない。

10 Mamouthhotel

So'n Zeitungsschreiber hat auch Feinde. Druckerschwär-
ze Macht manchen rot sehn. Mich zum Beispiel. Ja
Ich denk, das Schimpfen könnt aufhörn, Arturo.
UI
    's müßt bald aufhörn. Der Trust verhandelt schon
Mit Cicero. Wir wolln zunächst ganz friedlich
Karfiol verkaufen.
ROMA
           Wer verhandelt?
UI
                  Clark.
Doch hat er Schwierigkeiten. Wegen uns.
ROMA
    So. Also Clark ist auch drin. Diesem Clark
Trau ich nicht übern Weg.
UI
           Man sagt in Cicero:

こういうブン屋にも敵がいる。印刷用の黒インクは多くの人をかっとさせる。たとえば俺を。確かに悪態はやむかもしれない、アルトゥロ。

ウイ　すぐにやむはずだ。トラストはもうシセロの町と交渉に入っている。われわれはまずごく穏やかにカリフラワーを売りたいものだ。

ローマ　誰が交渉の相手だ？

ウイ　クラークだ。

ローマ　でもあいつは困難を抱えている。われわれのせいで。

ウイ　そうか。じゃ、クラークも絡んでいるのだ。あのクラークは全然信頼のおけないやつだ。

シセロじゃ、うわさだ。

Wir folgen dem Karfioltrust wie sein Schatten.
Man will Karfiol. Doch will man nicht auch uns.
Den Läden graust vor uns und nicht nur ihnen:
Die Frau des Dullfeet führt in Cicero
Seit vielen Jahren ein Importgeschäft
Für Grünzeug und ging' gern in den Karfioltrust.
Wenn wir nicht wären. wär sie wohl schon drin.
ROMA
So stammt der Plan, nach Cicero vorzustoßen
Gar nicht von dir? 's ist nur ein Plan des Trusts?
Arturo, jetzt versteh ich alles. Alles!
's ist klar, was da gespielt wird!
UI
      Wo?
ROMA
       Im Trust!
In Dogsboroughs Landhaus! Dogsboroughs Testament!

われわれが影のようにカリフラワー・トラストに付きまとっていると。
みなカリフラワーはほしいが、われわれがそばにいるのは嫌だと言う。
八百屋はみんなわれわれのことが怖い。八百屋ばかりじゃない。
ダルフィートの奥さんはシセロで
ずっと前から野菜の輸入業を営んでいて
カリフラワー・トラストに喜んで関わってきた。
われわれがいなければ、彼女はきっともう参加していただろう。

ローマ　シセロに進出しようという計画は
　　　　おまえから出たのではないのか？　トラスト側の計画なのか？
　　　　アルトゥロ、すべてがやっと明らかになった。すべてが！
　　　　そこで何が企まれているかははっきりしている！

ウイ　　　　　　　　　　　　　　どこでだ？

ローマ　　　　　　　　　　　　　　　　　　　トラストでだ！

　ドグズバローの別荘でだ！　ドグズバローの遺言状！

10 Mamouthhotel

Das ist bestellt vom Trust! Sie wolln den Anschluß
Von Cicero. Du stehst im Weg. Wie aber
Dich abservieren? Du hast sie in der Hand:
Sie brauchten dich für ihre Schweinerein
Und duldeten dafür, was du getan hast.
Was mit dir tun? Nun, Dogsborough gesteht!
Der Alte kriecht mit Sack und Asch in die Kiste.
Drumrum steht der Karfiol und nimmt gerührt
Aus seinen Kluven dies Papier und liest's
Schluchzend der Presse vor: Wie er bereut
Und ihnen dringlich anbefiehlt, die Pest
Ihnen eingeschleppt von ihm – ja, er gesteht's –
Jetzt auszutilgen und zurückzukehren
Zum alten ehrlichen Karfiolgeschäft.
Das ist der Plan, Arturo. Drin sind alle:
Der Giri, der den Dogsborough Testamente
Schmieren läßt und mit dem Clark befreundet ist

それはトラストによって注文された！　やつらはシセロとのつながりを望んでいる。おまえが邪魔なのだ。でもどうやっておまえを始末できるのか？　おまえはやつらを手中に収めている。やつらはきたないことのためにおまえを必要とした。そのかわりおまえのしたことは大目に見た。おまえをどうするのか？　ここでドグズバローが告白する！　じじいは粗布と灰とともに棺に這いこむことになる。カリフラワー業者はその周りを取り巻き、感動して隠しから紙を取出し、すすり泣きながら報道陣の前で朗読する。「私、ドグズバローは後悔しみなさんに強い調子で懇願します。自分によって持ち込まれた——そうだ、彼はそう告白している——ペストを今や根絶し、昔の実直なカリフラワーの商売に戻ってほしい」と。こんな計画だ、アルトゥロ。それにみんな関わっている。ジーリもそうだ。やつはドグズバローに遺言状を大急ぎで書かせた。クラークともぐるだが、やつは俺たちのせいでシセロでは困難を抱えており

10 Mamouthhotel

    Der Schwierigkeiten wegen uns in Cicero hat
Und keinen Schatten haben will beim Geldschaufeln.
Der Givola, der Aas wittert. – Dieser Dogsborough
Der alte ehrliche Dogsborough, der da
Verräterische Wische schmiert, die dich
Mit Dreck bewerfen, muß zuerst weg, sonst
Ist's Essig, du, mit deinem Ciceroplan!

UI

    Du meinst, 's ist ein Komplott? 's ist wahr, sie ließen
Mich nicht an Cicero ran. Es fiel mir auf.

ROMA

    Arturo, ich beschwör dich, laß mich diese
Sach ordnen! Hör mir zu: Ich spritze heut noch
Mit meinen Jungens nach Dogsboroughs Landhaus, hol
Den Alten raus, sag ihm, zur Klinik, und liefer
Ihn ab im Mausoleum. Fertig.

UI

                    Aber

お金をかき集める際に汚点を残したくないと考えている。ジボラもその一人で、あのハゲタカのドグズバローは、あのじじいで正直者のドグズバローはそこで裏切り行為ともいうべき文書を書きなぐりおまえに泥を塗るようなことをしたのだ。だからやつこそ、まず去るべきだ。さもないとおまえ、シセロの計画はおじゃんになるぞ！

ウイ
おまえは陰謀だというのか？　連中が俺をシセロに近づけないようにしているのは事実だ。思い当たるよ。

ローマ
アルトゥロ、誓って言うが、この一件は俺に任せてくれ！　聞いてくれ。俺は今日中にも若い衆とともにドグズバローの別荘に大急ぎで出かけてあのじじいを連れてくる。やつには病院に連れてゆくと言って。そしてやつを霊廟(れいびょう)に引き渡す。これでおしまいだ。

ウイ
でも

10 Mamouthhotel

Der Giri ist im Landhaus.
ROMA
                    Und er kann
Dort bleiben.
Sie sehen sich an.
ROMA
           's ist ein Aufwaschen.
UI
                    Givola?
ROMA
Besuch ich auf dem Rückweg. Und bestell
In seiner Blumenhandlung dicke Kränze
Für Dogsborough. Und für den lustigen Giri.
Ich zahl in bar.
Er zeigt auf seinen Browning.
UI
          Ernesto, dieser Schandplan

ローマ　別荘にはジーリがいる。
ローマ　あいつはあそこで眠ってもらう。
　　　　（二人は顔を見合わせる）
ローマ　いわば粛清だ。
ウイ　　ジボラは？
ローマ　帰りに寄ってみよう。そしてあいつの花屋でドグズバローのためにでっかい花輪を注文しておく。陽気なジーリの分も。現金で支払うから。
　　　　（ライフル銃を指す）
ウイ　　エルネスト、連中はこの俺に

10 Mamouthhotel

Der Dogsboroughs und Clarks und Dullfeets, mich
Aus dem Geschäft in Cicero zu drängen
Indem man mich kalt zum Verbrecher stempelt
Muß hart vereitelt werden. Ich vertrau
Auf dich.
ROMA
      Das kannst du. Nur, du mußt dabei sein
Bevor wir losgehn, und die Jungens aufpulvern
Daß sie die Sach im richtigen Licht sehn. Ich
Bin nicht so gut im Reden.
UI *schüttelt ihm die Hand:*
                Einverstanden.
ROMA
Ich hab's gewußt, Arturo! So, nicht anders
Mußt die Entscheidung fallen. Was, wir beiden!
Wie, du und ich! 's ist wie in alten Zeiten!
Zu seinen Leuten:

冷淡にも犯罪人の烙印を押して、シセロでの商売から俺を締め出そうと画策している。こういう恥ずべき計画はドグズバローやクラークやダルフィートから出たものだが断固挫折させなければならない。俺はおまえを信頼する。

ローマ　　信頼していいぞ。ただ俺たちが出発する前にそこにいてもらって、若い衆に発破をかけてもらいたい。事の真相がはっきりわかるように。俺は話すのはどうも苦手だから。

ウイ　　（彼と握手する）　　了解だ。

ローマ　　俺にはわかっていたぞ、アルトゥロ！　こうしか決断のしようがないということは。そうだ、俺たち二人だ！　えっ、おまえと俺とだよ！　昔のようだな！

（自分の子分に）

Arturo ist mit uns! Was hab ich euch gesagt?
UI

Ich komm.
ROMA

        Um elf.
UI

            Wohin?
ROMA

                In die Garage.
Ich bin ein ander Mann! 's wird wieder was gewagt!
Er geht schnell mit seinen Leuten ab.
Ui, auf und ab gehend, legt sich die Rede zurecht, die er
Romas Leuten halten will.
UI

Freunde! Bedauerlicherweise ist mir
Zu Ohr gekommen, daß hinter meinem Rücken
Abscheulichster Verrat geplant wird. Leute
Aus meiner nächsten Nähe, denen ich

アルトゥロはわれわれとともにある!　言ったとおりだろう!

ウイ　行くよ。

ローマ　　　十一時に。

ウイ　　　　　　　どこへ?

ローマ　　ガレージに。

ウイ　俺は人が変わったぞ!　また何かやらかすぞ!

(急いで子分たちと退場する)

(ウイは行ったり来たりしながら、ローマの子分たちにする演説をしかるべく準備する)

友人諸君!　残念ながら私の耳に入ったところによると、背後でおぞましい裏切りが計画されているとのこと。私が深い信頼を寄せていた

10 Mamouthhotel

Zutiefst vertraute, haben sich vor kurzem
Zusammengerottet und, von Ehrgeiz toll
Habsüchtig und treulos von Natur, entschlossen
Im Bund mit den Karfiolherrn – nein, das geht nicht –
Im Bund – mit was? Ich hab's: der Polizei
Euch kalt abzuservieren. Ich hör, sogar
Mir will man an das Leben! Meine Langmut
Ist jetzt erschöpft. Ich ordne also an
Daß ihr, unter Ernesto Roma, welcher
Mein volles Vertrauen hat, heut nacht...
Auftreten Clark, Giri und Betty Dullfeet.
GIRI *da Ui erschreckt aufsieht:*
                            Nur wir, Chef!
CLARK

Ui, treffen Sie Frau Dullfeet hier aus Cicero!
Es ist der Wunsch des Trusts, daß Sie Frau Dullfeet
Anhören und sich mit ihr einigen.

もっとも近しい連中が、最近謀反を企てて集まっている。彼らは名誉欲に狂って生まれつきの貪欲さと不実さで、決然と結束しカリフラワー業界の面々と不実さで結束して——そんなことは許せない——結束——何との？　わかっている。警察に君たちを冷酷にも引き渡そうとしているのだ。聞いているぞ。それどころか私の命まで奪おうとしているのだ！　私も堪忍袋の緒が切れた。だから私は手配した。

全幅の信頼を置いている

エルネスト・ローマのもとに君たちを今晩……

(クラーク、ジーリ、ベティ・ダルフィートが登場)

ジーリ　(ウイが驚いて見上げているので)

俺たちだよ、ボス！

クラーク

ウイ、この方はシセロから来られたダルフィート夫人だ！　トラストの希望だが、あなたがダルフィート夫人の話をよく聞いて、彼女と合意してほしいのだ。

UI *finster:*
> Bitte.

CLARK

Bei den Fusionsverhandlungen, die zwischen
Chikagos Grünzeugtrust und Cicero schweben
Erhob, wie Ihnen ja bekannt ist, Cicero
Bedenken gegen Sie als Aktionär.
Dem Trust gelang es schließlich, diesen Einwand
Nun zu entkräften, und Frau Dullfeet kommt...

FRAU DULLFEET

Das Mißverständnis aufzuklären. Auch
Für meinen Mann, Herrn Dullfeet, möchte ich
Betonen, daß sein Zeitungsfeldzug kürzlich
Nicht Ihnen galt, Herr Ui.

UI
> Wem galt er dann?

CLARK

Nun schön, Ui, grad heraus: Der »Selbstmord« Sheets

ウイ　（陰鬱に）　どうぞ。

クラーク　シカゴの野菜トラストとシセロ市の間で合併が進行中だ。ご存知のようにこの件でシセロ市のほうからあなたを株主にすることに異議が起こった。だがトラストは最終的にこの異議を打ち破ることに成功した。そしてダルフィート夫人が来られ…

ダルフィート夫人　誤解を解くために参りました。私の夫であるダルフィート氏のためにも強調しておきたいのですがこの間の新聞キャンペーンはあなたに向けられたものではありません、ウイさん。

ウイ　じゃ、誰に？

クラーク　いいだろう、ウイさん、はっきり言おう。シートの「自殺」が

Hat sehr verstimmt in Cicero. Der Mann
Was immer sonst er war, war doch ein Reeder
Ein Mann von Stand und nicht ein Irgendwer
Ein Nichts, das in das Nichts geht, wozu nichts
Zu sagen ist. Und noch was: Die Garage
Caruthers klagt, daß einer ihrer Wagen
Beschädigt wurde. In die beiden Fälle
Ist einer Ihrer Leute, Ui, verwickelt.
FRAU DULLFEET

Ein Kind in Cicero weiß, der Karfiol
Des Trusts in blutig.
UI
                     Das ist unverschämt.
FRAU DULLFEET

Nein, nein. 's ist nicht gegen Sie. Nachdem Herr Clark
Für Sie gebürgt hat, nicht mehr. Es ist nur dieser
Ernesto Roma.

シセロではすごく評判が悪いのだ。あの男はほかにどんなことがあるにせよ、船主だった。身分の高い人で、そんじょそこらの人間とはわけが違う。いなくなっても話題にされないような人間ではない。そのうえ、キャラザーのガレージの車の一台が損傷したという訴えが出ている。両方の事件ともあなたの仲間が絡んでいるのだ、ウイ。

ダルフィート夫人
トラストのカリフラワーが血みどろだっていうことはシセロの子どもも知っています。

ウイ
恥知らずな。

ダルフィート夫人
いえいえ、あなたを攻撃しているのではありません。クラークさんがあなたの保証人になってくださったので、もう大丈夫です。これはただあのエルネスト・ローマのことなのです。

CLARK *schnell:*
> Kalten Kopf, Ui!

GIRI
> Cicero...

UI
> Das will ich nicht hören. Wofür hält man mich?
> Schluß Schluß! Ernesto Roma ist mein Mann.
> Ich laß mir nicht vorschreiben, was für Männer
> Ich um mich haben darf. Das ist ein Schimpf
> Den ich nicht dulde.

GIRI
> Chef!

FRAU DULLFEET
> Ignatius Dullfeet
> Wird gegen Menschen wie den Roma kämpfen
> Noch mit dem letzten Atemzug.

CLARK *kalt:*
> Mit Recht.

クラーク　（急いで）　頭を冷やしたまえ、ウイ。

ジーリ　　　　　　　　　　　　　　　　　　　　　　　　　　シセロは……

ウイ　そんなこと聞きたくない。私をどのように思っているのか？　やめろ！　やめろ！　エルネスト・ローマは私の仲間だ。私が自分の身の回りにどのような男を置けばいいのか指図はさせない。それこそ私には我慢のできない侮辱だ。

ジーリ　　　ボス！

ダルフィート夫人　　　イグネイシャス・ダルフィートは　ローマのような人間に対しては、息が絶えるまで戦うでしょう。

クラーク　（冷たく）　当然だ。

Der Trust steht hinter ihm in dieser Sache.
Ui, seien Sie vernünftig. Freundschaft und
Geschäft sind zweierlei. Was ist es also?
UI *ebenfalls kalt:*
  Herr Clark, ich hab dem nichts hinzuzufügen.
CLARK
  Frau Dullfeet, ich bedaure diesen Ausgang
  Der Unterredung tief.
  Im Hinausgehen zu Ui:
          Sehr unklug, Ui.
Ui und Giri, allein zurück, sehen sich nicht an.
GIRI
  Das, nach dem Anschlag auf Caruthers Garange
  Bedeutet Kampf. 's ist klar.
UI
              Ich fürcht nicht Kampf.
GIRI
  Schön, fürcht ihn nicht! Du wirst ja nur dem Trust

この件についてはトラストが彼の後ろについている。
ウイ、ばかなまねはよせ。友情と仕事は別物だ。どうする？

ウイ　（同じょうに冷たく）
クラークさん、私には付け加えることはない。

クラーク　ダルフィート夫人、話し合いがこういう結末になったことはとても残念です。

（出ていくときにウイに）

まったく賢明でないな、ウイ。

ウイ　キャラザーのガレージを襲撃したのなら戦いは避けられない。わかりきったことだ。

ジーリ　（ウイとジーリだけが戻ってくるが、おたがい顔を見合わさない）

戦いを恐れはしない。

ジーリ　すばらしい、恐れるな！　これからあんたはトラストと

Der Presse, Dogsborough und seinem Anhang
Gegenüberstehen und der ganzen Stadt!
Chef, horch auf die Vernunft und laß dich nicht...
UI
  Ich brauche keinen Rat. Ich kenne meine Pflicht.

Eine Schrift taucht auf:
DER BEVORSTEHENDE TOD DES ALTEN HINDENBURG LÖSTE IM LAGER DER NAZIS ERBITTERTE KÄMPFE AUS. TONANGEBENDE KREISE BESTANDEN AUF DER ENTFERNUNG ERNST RÖHMS. VOR DER TÜR STAND DIE BESETZUNG ÖSTERREICHS.

11

Garage. Nacht. Man hört es regnen. Ernesto Roma und der junge Inna. Im Hintergrund Gunleute.

INNA
  's ist ein Uhr.
ROMA
      Er muß aufgehalten sein.

マスコミと、ドグズバローとその一味と対決し町全体を敵に回すのだ！

ボス、理性に耳を傾け、無思慮なことは…

ウイ　忠告などいらない。俺は自分の務めをわきまえている。

（文字が浮かび上がる）

老ドグズバローの死が目前に迫ったとき、ナチスの陣営で激しい戦いが起こった。指導部はエルンスト・レームを除去することを主張した。オーストリアの占領が目前に迫っていた。

II

（ガレージ[†28]。夜。雨の音が聞こえる。エルネスト・ローマと若い子分インナ。舞台奥に殺し屋）

インナ　一時です。

ローマ　引き止められているに違いない。

11 Garage

INNA
   Wär's möglich, daß er zögerte?
ROMA
                        's wär möglich.
Arturo hängt an seinen Leuten so
Daß er sich lieber selbst als sie aufopfert.
Selbst diese Ratten Givola und Giri
Kann er nicht abtun. Und dann trödelt er
Und kämpft mit sich, und es kann zwei Uhr werden
Vielleicht auch drei. Doch kommen tut er. Klar.
Ich kenn ihn, Inna.
Pause.
             Wenn ich diesen Giri
Am Boden seh, wird mir so leicht sein, wie
Wenn ich mein Wasser abgeschlagen habe.
Nun, es wird bald sein.
INNA
             Diese Regennächte

インナ あの人がためらうなんてことがありますかね？

ローマ あるかもしれん。

インナ アルトゥロは子分思いだから子分が犠牲になるくらいなら自分を犠牲にしたいと思うのさ。あのジボラやジーリのようなネズミどもさえあいつは縁を切れないのだ。それでぐずぐずして自分と戦っているうちに、二時にもなろうってわけだ。ひょっとして三時になるかもしれない。でも来ることは来るよ。確かだ。あいつのことはわかっている、インナ。

(間)

インナ 床に伸びているのを見たら、気分爽快だろうな。放尿したときのように。

さあ。もうじきだぞ。

こんな雨の夜は

11 Garage

Zerrn an den Nerven.
ROMA
                         Darum mag ich sie.
Von den Nächten die schwärzesten.
Von den Autos die schnellsten
Und von den Freunden die entschlossensten.
INNA
                                   Wie viele Jahre
Kennst du ihn schon?
ROMA
         An achtzehn.
INNA
                       Das ist lang.
EIN GUNMAN *nach vorn:*
Die Jungens wollen was zum Trinken.
ROMA
                    Nichts.

11 ガレージ

ローマ　神経にさわるなあ。

　　　　　　　だから好きなんだ。
　　　　夜のうちでいちばん真っ暗だから。
　　　　車の中ではいちばん速いやつ、
　　　　友だちの中ではいちばん決然としたやつが好きだ。

インナ　あの人と付き合ってるのですか？

ローマ　　　　　　　　　　　　　　　何年ぐらい

インナ　　　　　　　　　十八年くらいだ。

ローマ　　　　　　　　　　　　長いな。

殺し屋の一人（前方に）若い衆がちょいと一杯やりたがってます。

ローマ　　　　　　駄目だ。

11 Garage

Heut nacht brauch ich sie nüchtern.
Ein kleiner Mann wird von Leibwächtern hereingeführt.
DER KLEINE *atemlos:*
                        Stunk im Anzug!
Zwei Panzerautos halten vom Revier!
Gespickt mit Polizisten!
ROMA
                 Runter mit
Der Jalousie! 's hat nichts mit uns zu tun, doch
Vorsicht ist besser als Nachsehn.
Langsam schließt eine stählerne Jalousie das Garagentor.
ROMA
                     Ist der Gang frei?
INNA *nickt:*
's ist merkwürdig mit Tabak. Wer raucht, sieht kaltblütig aus.
Doch macht man, was einer macht, der kaltblütig ist
Und raucht man, wird man kaltblütig.

ガレージ

今晩はやつらをしらふにしておかないと。
(小男が用心棒に連れ込まれる)

小男　(息を切らして)
　　　　　　　　　　　　　　戦闘近し！
　　二台の装甲車が警備区域に止まっている！
　　警察官をぎっしり詰め込んで！

ローマ　　　　　　　　鎧戸を
(ゆっくりとガレージの入り口の鋼鉄の鎧戸が閉まる)

ローマ　下ろせ！　俺たちとは関係ないが
　　用心に越したことはない。
　　　　　　通路は空けてあるか？

インナ　(うなずいて)
　　タバコって奇妙だな。吸ってるやつがクールに見える。
　　クールな人のやっていることをまねて
　　タバコを吸ってみると、自分がクールになる。

ROMA *lächelnd:*
                              Streck die Hand aus!
INNA *tut es:*
  Sie zittert. Das ist schlecht.
ROMA
                        Ich find's nicht schlecht.
Von Bullen halt ich nichts. Sind unempfindlich.
Nichts tut ihnen weh und sie tun niemand weh.
Nicht ernstlich. Zitter ruhig! Die stählerne Nadel
Im Kompaß zittert auch, bevor sie sich
Fest einstellt. Deine Hand will wissen, wo
Der Pol ist, das ist alles.
RUF *von seitwärts:*
                    Polizei-
  auto durch Churchstreet!
ROMA *scharf:*
                  Kommt zum Stehn?

11 ガレージ

ローマ（ほほえみながら）　手を伸ばせ！

インナ（やってみる）　手が震えてる。これはまずい。

ローマ　まずくはないさ。無神経なのだ。まったく痛みを感じないから、人を痛い目にあわすこともない。牡牛なんてとても思わない。まじめにとるな。安心して震えろ！　羅針盤の鉄の針だってちゃんとセットするまでは震えている。君の手はどこが極なのか探ろうとしている。それだけだよ。

叫び声（側面から）　警察の車が教会通りを通ってくるぞ！

ローマ（鋭く）　止まらないのか？

11 Garage

DIE STIMME
                                    Geht weiter.

EIN GUNMAN *herein:*
  Zwei Wagen ums Eck mit abgeblendetem Licht!

ROMA
  's ist gegen Arturo! Givola und Giri
  Servieren ihn ab! Er läuft blind in die Falle!
  Wir müssen ihm entgegen. Kommt!

EIN GUNMAN
                                's ist Selbstmord!

ROMA
  Und wär es Selbstmord, dann ist's Zeit zum Selbstmord.
  Mensch! Achtzehn Jahre Freundschaft!

INNA *mit heller Stimme:*
                                Panzer hoch!
  Habt ihr die Spritze fertig?

GUNMAN
              Fertig.

II ガレージ

声　車が二台、ライトを落として角を曲がってきます。進んでいきます。

殺し屋　（中に入って）

ローマ　アルトゥロに向けられた車だ！　ジボラとジーリはウイを殺害する！　あいつはたやすく罠(わな)にはまってしまうぞ！　俺たちはあいつを迎えにいかないと。来い！

殺し屋　　　　　　　　　　　　　　これは自殺行為だ！

ローマ　たとえ自殺行為だとしてもその時期が来ているということだ。

インナ　（かん高い声で）何とまあ！　十八年の友情！　鎧戸を上げろ！

殺し屋　ピストルの用意はいいか？

　　　　　　大丈夫だ。

11 Garage

INNA

                Hoch!

Die Panzerjalousie geht langsam hoch. Herein kommen schnellen Ganges Ui und Givola, von Leibwächtern gefolgt.

ROMA

  Arturo!

INNA *leise:*

      Ja, und Givola!

ROMA

               Was ist los?

Wir schwitzen Blut um dich, Arturo.
Lacht laut.

               Hölle!

's ist alles in Ordnung!

UI *heiser:*

             Warum nicht in Ordnung?

INNA

  Wir dachten, 's wär was faul. Du kannst ihm ruhig

インナ
（鎧戸はゆっくり上がる。用心棒に伴われ、早足でウイとジボラが入ってくる）

　　　　上げろ！

ローマ　アルトゥロか？

インナ　（小声で）　　そうだ。それにジボラ！

ローマ　俺たちはおまえのことで冷や汗をかいているんだ、アルトゥロ。　どうしたのだ？

　　　　（大声で笑う）

ウイ　（しわがれ声で）　どうして正常でないことなんてあろうか？

　　　　すべてが正常だ！

インナ　何かが腐っていると思いました。ボス、どうか安心して

11 Garage

Die Hand schütteln, Chef. Er wollte uns soeben
Ins Feuer für dich schleppen. War's nicht so?
*Ui geht auf Roma zu und streckt ihm die Hand hin. Roma
ergreift sie lachend. In diesem Augenblick, wo er nicht
nach seinem Browning greifen kann, schießt ihn Givola
blitzschnell von der Hüfte aus nieder.*
UI

Treibt sie ins Eck!
*Die Männer des Roma stehen fassungslos und werden,
Inna an der Spitze, in die Ecke getrieben. Givola beugt sich
zu Roma herab, der auf dem Boden liegt.*
GIVOLA

     Er schnauft noch.
UI

         Macht ihn fertig.
Zu denen an der Wand:
Euer schändlicher Anschlag auf mich ist enthüllt.
Auch eure Pläne gegen Dogsborough
Sind aufgedeckt. Ich kam euch da zuvor
In zwölfter Stunde. Widerstand ist zwecklos.

彼と握手をしてやってください、ボス。彼はたった今もあなたのためにわれわれを前線に連れて行こうとしました。そうでしょう？

（ウイはローマのところに行き、彼に手を差し伸べる。ローマは手を笑いながらつかむ。ローマがライフルをつかめない瞬間にジボラが腰から銃を抜き、電光石火のごとくローマを撃ち殺す）

ウイ　　隅に片付けろ！
（ローマの部下たちは呆然とたたずみ、インナを先頭に隅へ追いやられる。ジボラは床に横たわるローマのほうに身をかがめる）

ジボラ　　まだ息がある。

ウイ　　殺せ！
（壁に立っている連中に）
おまえらの俺に対する卑劣な暗殺計画は露見した。ドグズバローに反抗するおまえらの計画も明らかになった。俺はぎりぎりの土壇場でおまえらのところにやってきた。反抗は無意味だ。

11 Garage

Ich werd euch lehren, gegen mich aufzumucken!
Ein nettes Nest!
GIVOLA
                    Kein einziger unbewaffnet!
Von Roma.
Er kommt noch einmal zu sich: er hat Pech.
UI
Ich bin in Dogsboroughs Landhaus heute nacht.
Er geht schnell hinaus.
INNA *an der Wand:*
Ihr schmutzigen Ratten! Ihr Verräter!
GIVOLA *aufgeregt:*
                           Schießt!
Die an der Wand Stehenden werden mit dem Maschinengewehr niedergemäht.
ROMA *kommt zu sich:*
Givola! Hölle.
Dreht sich schwer, sein Gesicht ist kalkweiß.

ジボラ　俺に逆らうやり方なら教えてやろう。とんでもない巣窟だ！

ジボラ　（ローマのことを）武装してないやつはいない！

ウイ　もう一度正気に返りそうだ。何たることだ。

インナ　（壁際で）俺は今晩ドグズバローの別荘にいる。

（急いで出ていく）

ジボラ　（興奮して）汚れたネズミどもめ！　裏切り者！　撃て！

（壁際に立っていた者たちは機関銃でばたばたと撃ち殺される）

ローマ　（正気に返る）ジボラ！　地獄だ。

（なかなか体の向きを変えられない。顔面蒼白）

11 Garage

Was ging h i e r vor?
GIVOLA
Nichts.
Ein paar Verräter sind gerichtet.
ROMA
Hund!
Was hast du gemacht mit meinen Leuten?
Givola antwortet nicht.
ROMA
Was mit Arturo? Mord! Ich wußt es! Hunde!
Ihn auf dem Boden suchend.
Wo ist er?
GIVOLA
Weggegangen!
ROMA *während er an die Wand geschleppt wird:*
Hunde! Hunde!
GIVOLA *kühl:*
Mein Bein ist kurz, wie? So ist dein Verstand!

ジボラ　裏切り者が二、三名処刑された。ここで、何が起きたのだ？

ローマ　　　　　　　　　　　　　　　　　　何も。

ローマ　俺の子分たちに何をしたのだ？

（ジボラは答えない）

ローマ　アルトゥロはどうした？　殺害！　俺は知っていた！　犬め！

（床にアルトゥロを探しながら）

やつはどこだ？　　　　　　　　　犬め！

ジボラ　　　　　　　　　　帰ったよ！

ローマ　（壁際に引きずられていく間に）犬め！　犬め！

ジボラ　（冷淡に）

俺の足が短いだって？　おまえの脳みそもそうだ！

Jetzt geh mit guten Beinen an die Wand!

Eine Schrift taucht auf:
IN DER NACHT DES 30. JUNI 1934 ÜBERFIEL HITLER SEINEN
FREUND RÖHM IN EINEM GASTHOF, WO ER HITLER ERWARTETE,
UM MIT IHM EINEN COUP GEGEN HINDENBURG UND GÖRING ZU
STARTEN.

12

Der Blumenladen des Givola. Herein Ignatius Dullfeet, ein
Mann, nicht größer als ein Knabe, und Betty Dullfeet.

DULLFEET
Ich tu's nicht gern.
BETTY
                Warum nicht? Dieser Roma
Ist weg.

12

さあ立派な足で壁まで行け！

(文字が浮かび上がる)

一九三四年六月三十日の夜、ヒトラーは彼の友だちレームを襲撃した。レームはヒンデンブルクとゲーリングに対するクーデターの相談をするために旅館でヒトラーを待っていたのだが。

(ジボラの花屋。イグネイシャス・ダルフィートとベティ・ダルフィートが登場。イグネイシャスは子どもの背丈ぐらいしかない男性である)

ダルフィート
こんなことやりたくないな。

ベティ
いないのよ。　　　どうしていやなの？　あのローマは

12 Der Blumenladen des Givola

DULLFEET
　　　　Durch Mord.
BETTY
　　　　　　　Wie immer! Er ist weg!
Clark sagt von Ui, die stürmischen Flegeljahre
Welche die Besten durchgehn, sind beendet.
Ui hat gezeigt, deß er den rauhen Ton
Jetzt lassen will. Ein fortgeführter Angriff
Würd nur die schlechteren Instinkte wieder
Aufwecken, und du selbst, Ignatius, kämst
Als erster in Gefahr. Doch schweigst du nun
Verschonen sie dich.
DULLFEET
　　　　　　Ob mir Schweigen hilft
Ist nicht gewiß.
BETTY
　　　　Es hilft. Sie sind nicht Tiere.

ダルフィート　　殺人によって。

ベティ　　いつもそう！　彼は消えた！　抜きんでた人間が必ずくぐり抜ける激烈な生意気盛りを卒業したって。クラークはウイについて言ってるわ。粗野な話し方を改めようとしていることをウイは態度で示してきたわ。これから攻撃を続けていけばもっとひどい本能をまた呼び覚ますだけでしょう。イグネイシャス、最初に危険にさらされるのはあなた自身よ。でもここで黙っていればあの人たちはあなたに危害は加えないわ。

ダルフィート　　沈黙が助けになるかどうかはわからないな。

ベティ　　なるわよ。彼らはけだものじゃないんだから。

12 Der Blumenladen des Givola

Von seitwärts kommt Giri, den Hut Romas auf.
GIRI

Hallo, seid ihr schon da? Der Chef ist drin.
Er wird entzückt sein. Leider muß ich weg.
Und schnell. Bevor ich hier gesehen werd:
Ich hab dem Givola einen Hut gestohlen.
Er lacht, daß die Stukkatur vom Plafond fällt, und geht winkend hinaus.
DULLFEET

Schlimm, wenn sie grollen, schlimmer, wenn sie lachen.
BETTY

Sprich nicht, Ignatius! Nicht hier!
DULLFEET *bitter:*
       Und auch
Nicht anderswo.
BETTY
    Was willst du machen? Schon
Spricht Cicero davon, daß Ui die Stellung

（側面からジーリがローマの帽子をかぶって登場）

ジーリ　ハロー、みなさん、もうお見えですか？　ボスは中です。ボスは大喜びでしょう。残念ながら私は出かけなければ。今すぐに。ここで姿を見られないようにしないと。ジボラから帽子を失敬したもので。
（天井から漆喰が落ちてきそうなほど笑う。それから手を振って出ていく）

ダルフィート　あいつらが怒鳴ると気味が悪いが、笑うともっと気味が悪い。

ベティ　しゃべらないで、イグネイシャス！　ここではやめて！

ダルフィート　（苦々しく）　ほかでも駄目なのだ。

ベティ　どうするつもりなの？　シセロじゃ、ウイが亡くなったドグズバローの後釜に座るといううわさよ。

12 Der Blumenladen des Givola

Des toten Dogsborough bekommen wird.
Und, ärger noch, die Grünzeughändler schwanken
Zum Karfioltrust.
DULLFEET
     Und zwei Druckerei-
maschinen sind mir schon zertümmert. Frau
Ich hab ein schlechtes Vorgefühl.
Herein Givola und Ui mit ausgestreckten Händen.
BETTY
        Hallo, Ui.
UI
Willkommen, Dullfeet!
DULLFEET
      Grad heraus, Herr Ui
Ich zögerte zu kommen, weil...
UI
       Wieso?

ダルフィート　それにもっと腹立たしいのは、八百屋たちがカリフラワー・トラストになびきそうだってこと。

ダルフィート　私の印刷機は二台ともすでに壊された。なあ。おまえいやな予感がするのだけれど。

（ジボラとウイが手を差し伸べて、入ってくる）

ベティ　ハロー、ウイ。

ダルフィート　よくいらしてくれた、ダルフィート！

ウイ　来るのをためらいました、なぜならば……

ダルフィート　正直なところ、ウイさん、どうして？

12 Der Blumenladen des Givola

Ein tapferer Mann ist überall willkommen.
GIVOLA
Und so ist's eine schöne Frau!
DULLFEET
                    Herr Ui
Ich fühlte es mitunter meine Pflicht
Mich gegen Sie und...
UI
                  Mißverständnisse!
Hätten Sie und ich von Anfang uns gekannt
Wär's nicht dazu gekommen. Daß im guten
All das erreicht werden soll, was nun einmal
Erreicht werden muß, war stets mein Wunsch.
DULLFEET
                            Gewalt...
UI
Verabscheut keiner mehr als ich. Sie wär

ジボラ　勇敢な男はどこでも歓迎される。

ダルフィート　それに美しい女性も同様だ！

ウイ　私は時どき、あなたを攻撃することが私の義務だと感じていたので。それに……

ダルフィート　ウイさん、誤解だ！あなたと私が初めから知り合いだったらこんな状況にはならなかっただろう。とにかく達成しなければならないことは、穏便に達成させたいというのが私の常日頃の願いだった。

ウイ　私ほど嫌悪している者はいない。人間に暴力を……

12 Der Blumenladen des Givola

Nicht nötig, wenn der Mensch Vernunft besäße.
DULLFEET
Mein Ziel...
UI
     Ist ganz das nämliche wie meins.
Wir beide wünschen, daß der Handel blüht.
Der kleine Ladenbesitzer, dessen Los
Nicht grade glänzend ist in diesen Zeiten
Soll sein Gemüse ruhig verkaufen können.
Und Schutz finden, wenn er angegriffen wird.
DULLFEET *fest:*
Und frei entscheiden können, ob er Schutz will.
Herr Ui, das ist mein Hauptpunkt.
UI
       Und auch meiner.
Er m u ß frei wählen. Und warum. Weil nur
Wenn er den Schützer frei wählt und damit

ダルフィート　分別があれば、暴力なんて不要だ。

ウイ　私の目的は……

ダルフィート　私の目的とまったく同じだ。
われわれは二人とも商売繁盛を願っている。
こうした時勢にあって、あまりぱっとしない運命を
たどってきた小さな八百屋だって
自分の店の野菜を安心して売れることを願っている。
もし襲撃を受けたら、護ってやらねばならない。

ウイ　護ってもらいたいかどうかは自由に決められないといけません。
ウイさん、これが私の話の中心点です。　同感だ。なぜか。
小さな八百屋も自由に選ばねばならない。
護ってくれる人を自由に選べて、それとともに

Auch die Verantwortung an einen abgibt
Den er selbst wählte, das Vertrauen herrscht
Das für den Grünzeughandel ebenso nötig ist
Wie überall sonst. Ich hab das stets betont.
DULLFEET

Ich freu mich, das aus Ihrem Mund zu hören.
Auf die Gefahr, Sie zu verstimmen! Cicero
Ertrüge niemals Zwang.
UI

                    Das ist verständlich.
Niemand verträgt Zwang ohne Not
DULLFEET

                          Ganz offen
Wenn die Fusion mit dem Karfioltrust je
Bedeuten würd, daß damit dieser ganze
Blutige Rattenkönig eingeschleppt wird, der
Chikago peinigt, könnt ich ihn nie gutheißen.

ダルフィート　自分で選んだ人に責任も委ねることが大切だ。そうすることによってのみ八百屋の商売だけでなしにいたるところで必要な信頼が力を持つからだ。私はこのことをずっと強調してきたのだ。

ウイ　あなたのお口からそういう言葉が聞けるのはうれしい。気を悪くされることを覚悟の上で！　シセロは強制には絶対に耐えられません。

ダルフィート　誰だって必要もないのに強制されるのは耐えられない。それはそうだろう。

ダルフィート　正直申しますと　カリフラワー・トラストとの合併がこれまでシカゴを痛めつけてきた血みどろの紛争を全部引きずっていくことになるのなら合併は絶対に認められないでしょう。

12 Der Blumenladen des Givola

Pause.
UI
Herr Dullfeet. Offenheit gegen Offenheit.
Es mag in der Vergangenheit da manches
Passiert sein, was nicht grad dem allerstrengsten
Moralischen Maßstab standhielt. So was kommt
Im Kampf mitunter vor. Doch unter Freunden
Kommt so was eben nicht vor. Dullfeet, was ich
Von Ihnen will, ist nur, daß Sie in Zukunft
Zu mir Vertrauen haben, mich als Freund sehn
Der seine Freund nirgends und nie im Stich läßt.
Und daß Sie, um Genaueres zu erwähnen
In Ihrer Zeitung diese Greuelmärchen
Die nur bös Blut machen, hinfort nicht mehr drucken.
Ich denk, das ist nicht viel.
DULLFEET
                Herr Ui, es ist

（間）

ウイ　ダルフィートさん。本音には本音で。
非常に厳しい道徳的尺度に照らせば
耐えられないような多くの事件が過去には
起こったかもしれない。こういうことは闘争中には
時として起こるものだ。でも友だち同士では
そんなことにはならない。ダルフィートさん、
あなたに望むのはただ、将来私を信用してほしい、
そして私のことを、決して友だちを見捨てたりしない
友人として見ていただきたいということだ。
もう少し厳密に言わせてもらうと
あなたの新聞には今後、怒りしか掻き立てないような
こうした残酷な話を載せていただきたくないのだ。
たいした願いじゃないだろう。

ダルフィート　ウイさん、起こりも

12 Der Blumenladen des Givola

Nicht schwer, zu schweigen über das, was nicht
Passiert.
UI
      Das hoff ich. Und wenn hin und wieder
Ein kleiner Zwischenfall vorkommen sollte
Weil Menschen nur Menschen sind und keine Engel
Dann hoff ich, 's heißt nicht wieder gleich, die Leute
Schießen in der Luft herum und sind Verbrecher.
Ich will auch nicht behaupten, daß es nicht
Vorkommen könnt, daß einer unserer Fahrer
Einmal ein rauhes Wort sagt. Das ist menschlich.
Und wenn der oder jener Grünzeughändler
Dem einen oder andern unserer Leute
Ein Bier bezahlt, damit er treu und pünktlich
Den Kohl anfährt, darf's auch nicht gleich wieder heißen:
Da wird was Unbilliges verlangt.
BETTY
                Herr Ui

ベティ　　しなかったことについて沈黙するのは、難しいことではありません。

ウイ　　そうだろう。人間は人間に過ぎなくて天使ではないから、ちょっとした事件が時おり起きるかもしれない。そんなときに当事者がやたらと銃をぶっぱなす犯罪者だといったうわさがすぐにまた飛び交わないように願いたい。われわれの運転手の一人が乱暴な言葉を吐くことなど絶対にありえないと言うつもりはない。人間のすることだから。それにもし八百屋の誰それが私の部下の誰それに、忠実に、時間通りにカリフラワーを運び込んでもらうためにビールをご馳走したとする。そんなことをしても不当な要求だとは言われないだろう。

ベティ　　ウイさん、

12 Der Blumenladen des Givola

Mein Mann ist menschlich.
GIVOLA
                    U n d als so bekannt.
Und da nun alles friedlich durchgesprochen
Und ganz geklärt ist, unter Freunden, möcht ich
Zu gerne Ihnen meine Blumen zeigen...
UI

Nach Ihnen, Dullfeet!
Sie gehen, den Blumenladen Givolas zu besichtigen. Ui führt Betty, Givola Dullfeet. Sie verschwinden im folgenden immer wieder hinter den Blumenarrangements. Auftauchen Givola und Dullfeet.
GIVOLA

Dies, teurer Dullfeet, sind japanische Eichen.
DULLFEET

Ich seh, sie blühn an kleinen runden Teichen.
GIVOLA

Mit blauen Karpfen, schnappend nach den Krumen.
DULLFEET

's heißt: Böse Menschen lieben keine Blumen.

ジボラの花屋

ジボラ　私の夫は人間的です。そしてそれで通っている。

　　　　そして仲間同士で穏やかに何でも十分に論議し
　　　　そしてすべてが解明されたので、ぜひとも
　　　　あなた方に私の花をお見せしたい……

ウイ　　どうぞお先に、ダルフィート。
（彼らはジボラの花屋を見学に行く。ウイはベティを案内し、ジボラとダルフィートはダルフィートを案内する。彼らはこの後何度も、花を盛った花かごの後ろに姿を消す。ジボラとダルフィートが登場）

ジボラ　これは、ダルフィートさん、日本の樫だ。[†30]

ダルフィート　小さな丸い池に咲いているのが目に浮かぶ。

ジボラ　パン屑に食いつく青い鯉がいる。

ダルフィート　悪人は花が嫌いだそうだ。

12 Der Blumenladen des Givola

Sie verschwinden. Auftauchen Ui und Betty.
BETTY

Der starke Mann ist stärker ohne Gewalt.
UI

Der Mensch versteht einen Grund nur, wenn er knallt.
BETTY

Ein gutes Argument wirkt wundervoll.
UI

Nur nicht auf den, der etwas hergeben soll.
BETTY

Mit Browning und mit Zwang, mit Trug und Trick...
UI

Ich bin ein Mann der Realpolitik.
Sie verschwinden, Auftauchen Givola und Dullfeet.
DULLFEET

Die Blumen kennen keine bösen Triebe.
GIVOLA

Das ist es ja, warum ich Blumen liebe.

ベティ　（二人は消える。ウイとベティが登場）
ウイ　強い男は暴力を使わないほうが強い。
ベティ　人間はずどんと一発撃たないと理由がのみ込めない。
ウイ　立派な論拠はすばらしい効き目がある。
ベティ　ただ何かを差し出さねばならない人間には効き目がない。
ウイ　ライフルと強制や、ごまかしとたくらみを使って……
ベティ　私は現実主義の人間だ。
ダルフィート　（二人は消える。ジボラとダルフィートが登場）
ジボラ　花はいつもすくすく伸びていく。
ダルフィート　それだから私は花が好きだ。

12 Der Blumenladen des Givola

DULLFEET

Sie leben still vom Heute in das Morgen.
GIVOLA *schelmisch:*
Kein Ärger. Keine Zeitung – keine Sorgen.
Sie verschwinden. Auftauchen Ui und Betty.
BETTY

Man sagt, Herr Ui, Sie leben so spartanisch.
UI

Mein Abscheu vor Tabak und Sprit ist panisch.
BETTY

Vielleicht sind Sie ein Heiliger am End?
UI

Ich bin ein Mann, der keine Lüste kennt.
Sie verschwinden. Auftauchen Givola und Dullfeet.
DULLFEET

's ist schön, so unter Blumen hinzuleben.
GIVOLA

's ist schön. Nur gibt's noch anderes daneben!

ダルフィート　花は静かに今日から明日へと生きていく。
ジボラ　（ふざけて）
　　　　怒りもなく。
　　　　新聞もなく――悩みもなく。
　　　　（二人は消える。ウイとベティが登場）
ベティ　ウイさん、うわさじゃ簡素な生活をされているとか。
ウイ　　私の酒嫌い、たばこ嫌いはびっくりするほどだ。
ベティ　ひょっとするとあなたは聖者ではありませんか？
ウイ　　私は快楽を知らない男だ。
　　　　（二人は消える。ジボラとダルフィートが登場）
ダルフィート　こんな花に囲まれて暮らすのはすてきだ。
ジボラ　そうだろうな。ほかにいろいろなければ。

Sie verschwinden. Auftauchen Ui und Betty.
BETTY

Herr Ui, wie halten Sie's mit der Religion?
UI

Ich bin ein Christ. Das muß genügen.
BETTY

                        Schon.
Jedoch die zehn Gebote, woran wir hängen...?
UI

Solln sich nicht in den rauhen Alltag mengen!
BETTY

Verzeihn Sie, wenn ich Sie weiter plage:
Wie steht's, Herr Ui, mit der sozialen Frage?
UI

Ich bin sozial, was man draus sehen kann:
Ich zieh mitunter auch die Reichen ran.
Sie verschwinden. Auftauchen Givola und Dullfeet.

（二人は消える。ウイとベティが登場）

ベティ　ウイさん、あなたは宗教をどう思われますか？[31]

ウイ　私はキリスト教徒だ。これで十分のはずだ。

ベティ　　　　　　　　　　　　　　　　　そうね。

ウイ　でも私たちが守るべき十戒は……？

ベティ　荒れた日常には十戒も口出しできない！

ウイ　これ以上しつこく言うのも申し訳ないのですが、ウイさん、社会問題についてどうお考えですか？

　私は社会的だ。私が時おりお金持ちの心も引きつけているのを見ればわかるだろう。

（二人は消える。ジボラとダルフィート登場）

12 Der Blumenladen des Givola

DULLFEET

Auch Blumen haben ja Erlebnisse.

GIVOLA

Und ob! Begräbnisse! Begräbnisse!

DULLFEET

Oh, ich vergaß, die Blumen sind Ihr Brot.

GIVOLA

Ganz recht. Mein bester Kunde ist der Tod.

DULLFEET

Ich hoff, Sie sind auf ihn nicht angewiesen.

GIVOLA

Nicht bei den Leuten, die sich warnen ließen.

DULLFEET

Herr Givola, Gewalt führt nie zum Ruhme.

GIVOLA

Jedoch zum Ziel. Wir sprechen durch die Blume.

DULLFEET

Gewiß.

ダルフィート　花もいろいろな経験をするものだ。
ジボラ　　　もちろんだ。葬式！　葬式！
ダルフィート　ああ、忘れてた。花はあなたの飯の種ですな。
ジボラ　　　そのとおり。私の最良の客は死だ。
ダルフィート　あなたが葬式頼みにならないよう願っている。
ジボラ　　　人の警告をよく聞く人は大丈夫だ。
ダルフィート　ジボラさん、暴力で名声は得られない。
ジボラ　　　でも目的は果たせる。遠回しな話だな。
ダルフィート　確かに。

12 Der Blumenladen des Givola

GIVOLA

    Sie sehn so blaß aus.

DULLFEET

              's ist die Luft.

GIVOLA

Freund, Sie vertragen nicht den Blumenduft.
Sie verschwinden. Auftauchen Ui und Betty.

BETTY

Ich bin so froh, daß ihr euch nun versteht.

UI

Wenn man erst einmal weiß, worum es geht...

BETTY

Freundschaften, die in Wind und Wetter reifen...

UI *legt ihr die Hand auf die Schulter:*

Ich liebe Frauen, welche schnell begreifen.
Auftauchen Givola und Dullfeet, der kalkweiß ist. Er sieht die Hand Uis auf der Schulter seiner Frau.

DULLFEET

Betty, wir gehn.

ジボラ　　顔が真っ青だ。

ダルフィート　　空気のせいだ。

ジボラ　　友よ、あなたは花の香りに耐えられないのだ。
（二人は消える。ウイとベティ）

ベティ　　おたがいに話が通じたようでうれしゅうございます。

ウイ　　何が問題になっているかがまずわかれば…

ベティ　　悪天候の中で熟していく友情…

ウイ　　（彼女の肩に手を置く）私は物わかりのいい女性を愛する。
（ジボラとダルフィートが登場。ダルフィートは真っ青である。彼は自分の妻の肩に置かれたウイの手を見る）

ダルフィート　　ベティ、行こう。

12 Der Blumenladen des Givola

UI *auf ihn zu, streckt ihm die Hand hin:*
      Herr Dullfeet, Ihr Entschluß
Ehrt Sie. Er wird zum Wohle Ciceros dienen.
Daß solche Männer wie wir beide uns
Gefunden haben, kann nur günstig sein.
GIVOLA *gibt Betty Blumen:*
Schönheit der Schönheit!
BETTY
      Sieh die Pracht, Ignatius!
Ich bin so froh. Auf bald, Herr Ui!
Sie gehen.
GIVOLA
      Das kann
Jetzt endlich klappen.
UI *finster:*
      Mir mißfällt der Mann.

ウイ　（彼のほうに行き、手を差し出す）　ダルフィートさん、あなたの決心は
　　　われわれのような人間が
　　　あなたを称えている。それはシセロの繁栄に役立つだろう。
　　　親しくなったことはまさしく好都合だ。

ジボラ　（ベティに花を渡して）
　　　美の中の美だ！

ベティ　　　　　　　華やかだわ、見て、イグネイシャス！
　　　とてもうれしいわ。近いうちに、ウイさん！
　　　（二人は行く）

ジボラ　　　　　　　　　　　　　　　　　　　　　　やっと
　　　うまく行きそうだ。

ウイ　（陰鬱に）
　　　あの男は気に食わない。

13 Mausoleum von Cicero

Eine Schrift taucht auf:
UNTER HITLERS ZWANG WILLIGTE DER ÖSTERREICHSCHE KANZ-
LER ENGELBERT DOLLFUSS IM JAHRE 1934 EIN, DIE ANGRIFFE
DER ÖSTERREICHISCHEN PRESSE GEGEN NAZIDEUTSCHLAND
ZUM SCHWEIGEN ZU BRINGEN.

13

Hinter einem Sarg, der unter Glockengeläute in das Mausoleum von Cicero getragen wird, schreiten Betty Dullfeet in Witwenkleidung, Clark, Ui, Giri und Givola, die letzteren große Kränze in den Händen. Ui, Giri und Givola bleiben, nachdem sie ihre Kränze abgegeben haben, vor dem Mausoleum zurück. Von dort hört man die Stimme des Pastors.

STIMME

So komm der sterbliche Rest Ignatius Dullfeets
Zur Ruhe hier. Ein Leben, arm an Gewinst
Doch reich an Müh, ist um. Viel Müh ist um
Mit diesem Leben, Müh, gespendet nicht
Für den, der sie gespendet und der nun
Gegangen ist. Am Rock Ignatius Dullfeets

13

（文字が浮かび上がる）

ヒトラーの強制によってオーストリア首相のエンゲルベルト・ドルフスは一九三四年にナチスドイツに対するオーストリアの新聞の攻撃をやめさせることに同意した。

（鐘の鳴る中をシセロの霊廟に運ばれていく棺。その後ろから喪服を着たベティ・ダルフィート、クラーク、ウイ、ジーリとジボラが続く。ジーリとジボラは手に大きな花輪を抱えている。ウイとジーリとジボラは花を捧げた後、霊廟の前にとどまっている。そこから牧師の声が聞こえる）

牧師の声

かくしてイグネイシャス・ダルフィートの亡骸はここに永眠されます。労多くして報いわずかだった人生を終わられたのです。多くの労もその生命(いのち)とともに終わりを告げました。労を捧げそして死んでいった人に返礼がなされたことはありません。天国の門では

12 Der Blumenladen des Givola

Wird an der Himmelpfort der Pförtnerengel
Die Hand auf eine abgewetzte Stell
Der Schulter legen und sagen: Dieser Mann
Trug manchen Mannes Last. Im Rat der Stadt
Wird bei den Sitzungen der nächsten Zeit
Oft eine kleine Stille sein, wenn alle
Gesprochen haben. Man wird warten, daß
Ignatius Dullfeet nunmehr spricht. So sehr
Sind seine Mitbürger gewohnt, auf ihn
Zu hören. 's ist, als ob der Stadt Gewissen
Gestorben wär. Denn von uns schied ein Mensch
Uns sehr zur Unzeit, der den graden Weg
Blind gehen konnt, das Recht auswendig wußt.
Der körperlich kleine, geistig große Mann
Schuf sich in seiner Zeitung eine Kanzel
Von der aus seine klare Stimme über
Die Stadtgrenz weit hinaus vernehmlich war.

守護天使がイグネイシャス・ダルフィートの上着の肩の擦り切れた箇所に手を置いてこう言うでしょう。「この男は多くの人の重荷を背負ってきた」と。市議会では次の会期中、全員が発言を終えるたびにちょっとした沈黙が生じるでしょう。みんなイグネイシャス・ダルフィートが今度は発言する番だと思い、待つでしょうから。それほどまでに市民には彼の言葉に耳を傾けることが習慣になっていたのです。それはあたかも市の良識が死滅したかのようでした。なぜならばまっすぐな道をわき目もふらず歩くことができ、正義をわきまえていた一人の人間がまったく都合の悪い時期にわれわれのもとを去っていったからです。体は小さかったけれど、精神的に偉大だった彼は自分の新聞に説教壇を作り上げそこから彼のささやかなたまを国境のはるかかなたまで響かせたのです。

13 Mausoleum von Cicero

Ignatius Dullfeet, ruh in Frieden! Amen.
GIVOLA
Ein Mann mit Takt: nichts von der Todesart!
GIRI *den Hut Dullfeets auf:*
Ein Mann mit Takt? Ein Mann mit sieben Kindern!
Aus dem Mausoleum kommen Clark und Mulberry.
CLARK
Verdammt! Steht ihr hier Wache, daß die Wahrheit
Auch nicht am Sarg zu Wort kommt?
GIVOLA
      Teurer Clark
Warum so barsch? Der Ort, an dem Sie stehen
Sollt Sie besänftigen. Und der Chef ist heute
Nicht bei Humor. Das ist kein Ort für ihn.
MULBERRY
Ihr Schlächter! Dieser Dullfeet hielt sein Wort
Und schwieg zu allem!

イグネイシャス・ダルフィート、安らかに憩え！　アーメン。

ジボラ　節度のある男だった。あの死にざまはない！

ジーリ　（ダルフィートの帽子をかぶって）節度のある男？　ガキが七人もいて！

（霊廟からクラークとマルベリーが出てくる）

クラーク　ちくしょう！　棺桶のそばでも真実が口を開かないように見張りをしているのか？

ジボラ　　　　　　　　　クラークさん、どうしてそんなに粗野なのだ？　場所を考えればあなたの気持ちも鎮まるだろう。それにボスも今日は機嫌が悪い。ここはボスのいる場所じゃない。

マルベリー　殺人者どもめ！　このダルフィートは約束を守ってすべて黙っていたじゃないか！

13 Mausoleum von Cicero

GIVOLA
      Schweigen ist nicht genug.
Wir brauchen Leute hier, nicht nur bereit
Für uns zu schweigen, sondern auch für uns
Zu reden, und das laut!
MULBERRY
      Was konnt er reden
Als daß ihr Schlächter seid!
GIVOLA
      Er mußte weg.
Denn dieser kleine Dullfeet war die Pore
Durch die dem Grünzeughandel immer mal wieder
Der Angstschweiß ausbrach. 's war nicht zu ertragen
Wie es nach Angstschweiß stank!
GIRI
      Und euer Karfiol?
Soll er nach Cicero oder soll er nicht hin?

ジボラ　　　黙っているだけでは十分じゃない。われわれがここで必要とするのは、われわれのことを黙っているだけじゃなしに、われわれのために語ろうとする人間だ。それも大声で！

マルベリー　　彼は何を語ることができたのだ！　あなたたちが殺人者だという以外に

ジボラ　　　彼は死なざるを得なかった。あのちびのダルフィートは毛穴のようなものだ。そこを通って野菜の商売から再三再四冷や汗が吹き出たものだ。冷や汗がにおうのは耐えられなかった！

ジーリ　　　じゃ、あなたたちのカリフラワーは？　シセロへ送りたいのか、それとも送りたくないのか？

13 Mausoleum von Cicero

MULBERRY

Durch Schlächtereien nicht!

GIRI

                    Und wodurch dann?
Wer frißt am Kalb mit, das wir schlachten, he?
Das hab ich gern: Nach Fleisch schrein und den Koch
Beschimpfen, weil er mit dem Messer läuft!
Von euch erwarten wir Schmatzen und nicht Schimpfen!
Und jetzt geht heim!

MULBERRY

           Das war ein schwarzer Tag
Wo du uns diese brachtest, Clark!

CLARK

                  Wem sagst du's?

Die beiden gehen düster ab.

GIRI

Chef, laß dir von dem Pack nicht am Begräbnis

マルベリー　人殺しの手を通すなら駄目だ!

ジーリ　　　それじゃどこを通してだ? われわれが殺した子牛を一緒に食したのは誰だ、えっ? こいつはおもしろい。肉を注文しておきながら料理人をなじるなんて! ナイフを持っていると言って、ぴちゃぴちゃ食べることで、罵倒することではない。あなたたちに期待するのは、さあ家に帰るのだ!

マルベリー　けちのつき始めだったよ、クラーク!

クラーク　　君がこういう連中を連れてきたのが

ジーリ　　　今さらそんなことを言ってどうする?

（二人は陰鬱に退場）

ジーリ　　　ボス、あのならず者のおかげで葬式の楽しみが

13 Mausoleum von Cicero

Den Spaß versalzen!
GIVOLA
                Ruhe! Betty kommt!
*Aus dem Mausoleum kommt Betty Dullfeet, gestützt auf
eine Frau. Ui tritt ihr entgegen. Aus dem Mausoleum Or-
gelmusik.*
UI

Frau Dullfeet, meine Kondolation!
Sie geht wortlos an ihm vorbei.
GIRI *brüllt:*
                Halt! Sie!
*Sie bleibt stehen und wendet sich um. Man sieht, sie ist kalk-
weiß.*
UI

Ich sagte, meine Kondolation, Frau Dullfeet!
Dullfeet, Gott hab ihn selig, ist nicht mehr.
Doch Ihr Karfiol ist noch vorhanden. Möglich
Sie sehn ihn nicht, der Blick ist noch getrübt
Von Tränen, doch der tragische Vorfall sollte

シセロの霊廟

ジポラ　苦いものにならないようにしてほしい。

（霊廟からベティ・ダルフィートが一人の女性に支えられて、出てくる。ウイは彼女のほうへ向かう。霊廟からパイプオルガンの音楽）

ウイ　ダルフィート夫人、お悔やみ申し上げます！ †32

（彼女は言葉なくそばを通り過ぎる）

ジーリ（わめく）　待った！　奥さん！

（彼女は立ち止まり、振り向く。彼女が真っ青なのがわかる）

ウイ　私はお悔やみを申し上げたのだ、ダルフィート夫人！　ダルフィートは――神よ、彼の霊魂を救いたまえ――もうこの世にいない。それでもあなたのカリフラワーはまだ存在する。あなたは彼に会うことはもうないだろう。あなたの眼差しは涙で曇っていることだろう。でも悲しい事件を

13 Mausoleum von Cicero

Sie nicht vergessen machen, daß da Schüsse
Meuchlings aus feigem Hinterhalt gefeuert
Auf friedliche Gemüsewägen knallen.
Petroleum, von ruchloser Hand vergossen
Verdirbt Gemüse, das gebraucht wird. Hier
Steh ich und stehen meine Leute und
Versprechen Schutz. Was ist die Antwort?
BETTY *blickt zum Himmel:*
                                      Das
Und Dullfeet ist noch Asche nicht!
UI
                      Ich kann
Den Vorfall nur beklagen und beteuern:
Der Mann, gefällt von ruchloser Hand, er war
Mein Freund.
BETTY
            So ist's . Die Hand, die ihn gefällt, war

ベティ　忘れてほしくないのだ。暗殺者の銃弾が卑怯にも待ち伏せ場所から平和な野菜トラックに向けて火を噴き、発射されたということを。極悪非道の者の手によって流された石油のために必要とされた野菜は台無しになった。ここに私が立ち、私の部下が立ち、そして護ることを約束する。お答えやいかに？

ベティ　（空を仰いで）　何てことを！　私にはダルフィートの亡骸がまだ灰にもなっていないと言うのに！

ウイ　事件を嘆き、こう断言することしかできない。極悪非道の者の手により殺された男、この人はわが友だったと。

ベティ　そうですとも。彼を殺した手は

Die gleiche Hand, die nach der seinen griff.
Die Ihre!
UI
      Das ist wieder dies Gerede
Dies übel Hetzen und Gerüchtverbreiten
Das meine besten Vorsätz, mit dem Nachbarn
In Frieden auszukommen, in der Wurzel
Vergiftet! Dies Mich-nicht-verstehen-Wollen!
Dies mangelnde Vertrauen, wo ich vertraue!
Dies Meine-Werbung-boshaft-Drohung-Nennen!
Dies Eine-Hand-Wegschlagen, die ich ausstreck!
BETTY
Die Sie ausstrecken, um zu fällen!
UI
                  Nein!
Ich werde angespuckt, wo ich fanatisch werde!
BETTY
Sie werben wie die Schlange um den Vogel!

あなたの手です！彼と手を握ろうとしていた男の手と同じです。

ウイ　またぞろこうしたうわさか。悪意の誹謗やうわさが広められそれが隣人と平和にやっていきたいという私の最良の意図を根底から台無しにしてしまうのだ！私をわかろうとしない態度！こっちは信頼しているのに信頼不足だ！私の求めを邪悪な脅しと取るなんて！私が伸ばした手をたたいて離すなんて！

ベティ　殺すために手を差し出したのでしょう！

ウイ　違う！

ベティ　私は熱烈に求めたのに、唾をかけられたのだ！あなたは小鳥を狙う蛇のように求めたのです。

13 Mausoleum von Cicero

UI

Da hört ihr's! So wird mir begegnet! So
Hielt ja auch dieser Dullfeet mein beherztes
Und warmes Freundschaftsangebot nur für Berechnung
Und meine Großmut nur für Schwäche! Leider!
Auf meine freundlichen Worte erntete ich – was?
Ein kaltes Schweigen! Schweigen war die Antwort
Wenn ich auf freudiges Einverständnis hoffte.
Und wie hab ich gehofft, auf meine ständigen
Fast schon erniedrigenden Bitten um Freundschaft
Oder auch nur um billiges Verständnis
Ein Zeichen menschlicher Wärme zu entdecken!
Ich hoffte da umsonst! Nur grimme Verachtung
Schlug mir entgegen! Selbst dies Schweigeversprechen
Das man mir mürrisch gab, weiß Gott nicht gern
Bricht man beim ersten Anlaß! Wo zum Beispiel
Ist jetzt dies inbrünstig versprochene Schweigen?

ウイ

みなさん、聞いていただろう！　こういう目に私は会ったのだ！
このダルフィートもまた私の心からの
温かな友情の申し出を打算にすぎないと思い
私の寛大さを弱点とみなした！　残念ながら！
私の親切な言葉に対して、私が得たものは——何か？
冷たい沈黙！　沈黙が答えだった。
喜ばしい了解を期待したのに。
友情や、安っぽい理解だけを求める
ほとんど屈辱的な懇願を、私はずっと送り続けた。
それに対してどれほど人間的な温かさを
相手に見出したいと願ったことか！
私の願いは無駄だった！　苦々しい軽蔑だけが
私に向けられた！　不機嫌に私となされた
——確かにいやいやだったが——沈黙の約束でさえ
機会があるとすぐに破られた！　たとえば
今こんなに熱烈に約束した沈黙はどこにあるのだ？

13 Mausoleum von Cicero

Hinausposaunt in alle Richtungen werden
Jetzt wieder Greuelmärchen! Doch ich warne.
Treibt's nicht zu weit, vertrauend nur auf meine
Sprichwörtliche Geduld!
BETTY
                Mir fehlen Worte.
UI
  Die fehlen immer, wenn das Herz nicht spricht.
BETTY
  So nennen Sie das Herz, was Sie beredt macht?
UI
  Ich spreche, wie ich fühle.
BETTY
                Kann man fühlen
So wie Sie sprechen? Ja, ich glaub's! Ich glaub's!
Ihr Morden kommt vom Herzen! Ihr Verbrechen
Ist tiefgefühlt wie andrer Menschen Wohltat.

ベティ　今また残酷な話があらゆるところで言いふらされている！　でも言っておく。誰もが知る私の我慢強さをいいことにあんまりやりすぎるんじゃないぞ！　と。

ウイ　常に心で語らなければ、言葉になんかならない。言葉も出ません。

ベティ　あなたを雄弁にしているのは心だというのね？

ウイ　私は感じたままを話す。

ベティ　　　　　　あなたが話したままをみな感じることができるかしら？　ええ、できます！　できます！　あなた方の殺人も心から出たものね！　あなた方の犯罪はほかの人たちの善行のように深く心に刻まれているわ。

13 Mausoleum von Cicero

Sie glauben an Verrat, wie wir an Treue!
Unwandelbar sind Sie für Wankelmut!
Durch keine edle Wallung zu bestechen!
Beseelt für Lüge! Ehrlich für Betrug!
Die tierische Tat entflammt Sie! Es begeistert
Sie, Blut zu sehn! Gewalt? Sie atmen auf!
Vor jeder schmutzigen Handlung stehen Sie
Gerührt zu Tränen. Und vor jeder guten
Zutiefst bewegt von Rachsucht und von Haß!

UI

Frau Dullfeet, es ist mein Prinzip, den Gegner
Ruhig anzuhören. Selbst, wo er mich schmäht.
Ich weiß, in Ihren Kreisen bringt man mir
Nicht eben Liebe entgegen. Meine Herkunft
– ich bin ein einfacher Sohn der Bronx – wird gegen mich
Ins Feld geführt! »Der Mann«, sagt man, »kann nicht einmal
Die richtige Gabel wählen zum Dessert.

ウイ　私たちが誠実さを信じるように、あなた方は裏切りを信じている！　あなたは移り気という点では変わることがない。人を魅了するような、どんな気高い興奮によっても。

嘘に感動する！　欺瞞には誠実！
動物的な行為に対してあなたは感激する！　血を見るとわくわくする！　暴力は？　あなたはほっとする！
どんなに汚れた行為に対しても、あなたは感動し、涙する。そしてどんなによい行為に対しても復讐心と憎悪によって心を揺り動かされるのよ！

ダルフィート夫人、敵の言うことに静かに耳を傾けるというのが私の信条だ。たとえ敵に罵倒されている場合でも。あなたの周辺が私を好意的に受け止めていないということは知っている。私の素性は
——私はブロンクスの下町の庶民の子だが——私に敵対するために持ち出されたのだ！「あの男はデザートのフォークがどれかもわからないようなやつだ。

13 Mausoleum von Cicero

Wie will er da bestehn im großen Geschäft!
Vielleicht, er greift, wenn von Tarif die Red ist
Oder ähnlichen finanziellen Dingen, welche da
Ausgehandelt werden, fälschlich noch zum Messer!
Nein, das geht nicht. Wir können den Mann nicht brauchen.« 5
Aus meinem rauhen Ton, meiner männlichen Art
Das Ding beim rechten Namen zu nennen, wird
Mir gleich der Strick gedreht. So hab ich dann
Das Vorurteil gegen mich und seh mich so
Gestellt nur auf die eventuellen nackten 10
Verdienste, die ich mir erwerb. Frau Dullfeet
Sie sind im Karfiolgeschäft. Ich auch.
Das ist die Brücke zwischen mir und Ihnen.
BETTY

Die Brücke! Und der Abgrund zwischen uns 15
Der überbrückt sein soll, ist nur ein blutiger Mord!
UI

Sehr bittere Erfahrung lehrt mich, nicht

そんな男がどうして大企業でやっていける！ たぶん彼は交渉して決めるような賃金問題、あるいは似たような金銭上の問題が話題になっているときにも、間違って刃物を手にするだろう！ 駄目だ、それはいけない。こんな男はいらない」と言われた。歯に衣着（きぬ）せずものを言う、私の粗野なしゃべり方だの男らしいやり方だのにかこつけて私を陥れようとしているのだ。

だから私は偏見を持たれてしまって働いて得る稼ぎは、場合によってはほとんど空っぽだったりした。ダルフィート夫人、あなたはカリフラワー・トラストの人間だ。私もそうだ。

これがあなたと私をつなぐ橋だ。

ベティ——橋ですって！ そして橋を架けるべき私たちの間の深い谷間とは血まみれの殺人にほかなりません！

ウイ——非常に苦い体験を通して、私が心がけているのは

13 Mausoleum von Cicero

Als Mensch zum Menschen hier zu sprechen, sondern
Als Mann von Einfluß zur Besitzerin
Eines Importgeschäftes. Und ich frage:
Wie steht's im Karfiolgeschäft? Das Leben
Geht weiter; auch wenn uns ein Unglück zustößt.

BETTY

Ja, es geht weiter, und ich will es nützen
Der Welt zu sagen, welche Pest sie anfiel!
Ich schwör's dem Toten, daß ich meine Stimme
In Zukunft hassen will, wenn sie »Guten Morgen«
Oder »Gebt mir Essen« sagt und nicht nur eines:
»Vertilgt den Ui!«

GIRI *drohend:*
     Werd nicht zu laut, mein Kind!

UI

Wir stehen zwischen Gräbern. Mildere Gefühle
Wärn da verfrüht. So red ich vom Geschäft

ここで、人間として人間に語りかけるのではなく有力者として輸入会社のオーナーであるあなたに語りかけるということだ。そこで質問だがカリフラワーの商売はどうだ？　たとえわれわれが不幸に突き当たるようなことがあっても、人生は進んでいく。

ベティ　ええ、人生は進んでいきます。そして私はどのようなペストがこの世を襲うか、この世の人たちに伝えることで役に立ちたいと思います。もし私の声が「おはよう」とか「食事をください」としか言わず、「ウイを滅ぼせ！」ということただ一つのことを言わないとしたら、私はこの先、私の声を憎むだろうということを。

ジーリ　（威嚇的に）　あまり大声を立てなさんな、わが子よ！

ウイ　われわれは墓地に立っている。気持ちが和らぐのにはまだ時間がかかる。だから私は死人とは縁のない

13 Mausoleum von Cicero

Das keine Toten kennt.
BETTY
                    O Dullfeet, Dullfeet!
Nun weiß ich erst, du bist nicht mehr!
UI
                      So ist's.
Bedenken Sie, daß Dullfeet nicht mehr ist.
Und damit fehlt in Cicero die Stimme
Die sich gegen Untat, Terror und Gewalt
Erheben würd. Sie können den Verlust
Nicht tief genug bedauern! Schutzlos stehn Sie
In einer kalten Welt, wo leider Gottes
Der Schwache stets geliefert ist! Der einzige
Und letzte Schutz, der Ihnen bleibt, bin ich.
BETTY
Das sagen Sie der Witwe jenes Mannes
Den Sie gemordet haben? Ungetüm!

ベティ　商売の話をしよう。

ウイ　今初めてわかった、あなたはもうこの世にいない！

ベティ　ああ、ダルフィート、ダルフィート！　そういうことだ。

ダルフィートがもうこの世にいないということをよく考えてくれ。そしてそれによってシセロには悪行やテロ、暴力に反対する声が上がらなくなっているのだ。この損失はいかに悔やんでも悔やみすぎではない！　あなたがたは寄る辺なく冷たい世間に立っていて、そこでは至極残念なことに弱い者は常に救いようがない！　あなたに残されたただ一つの、そして最後の保護者は私だ。

ベティ　ご自身が虐殺した男の未亡人に対してよくそんなことが言えますね！　怪獣！

13 Mausoleum von Cicero

Ich wußte, daß Sie hierherkamen, weil Sie
Noch immer an der Stätte Ihrer Untat
Erschienen sind, um andre zu beschuldigen.
»Nicht ich, der andre!« und: »Ich weiß von nichts!«
»Ich bin geschädigt!« schreit der Schaden und
»Ein Mord! Den müßt ihr rächen!« schreit der Mord.
UI
Mein Plan ist eisern: Schutz für Cicero.
BETTY *schwach:*
Er wird nie glücken!
UI
                Bald! So oder so.
BETTY
Gott schütz uns vor dem Schützer!
UI
                    Also wie
Ist Ihre Antwort?

私はわかっていました。あなたがここにやってきたのは
今も変わらず悪行の場に姿を現して
ほかの人に罪をなすりつけるためです。
「私じゃない、ほかのやつだよ！」とか「私は何も知らない」とか、
加害者が「私は傷つけられた」と叫び、
「殺人だ！　君は敵を討たねばならない」などと殺人者が言うのです。

ウイ　　私の計画は揺るぎない。シセロの保護だ。

ベティ　決してうまく行かないでしょう！

ウイ　　すぐにだ！　いずれにせよ。

ベティ　（弱々しく）
　　　　神よ、「保護者」から私たちを護りたまえ！

ウイ　　さて
　　　　あなたのお答えやいかに？

Er streckt ihr die Hand hin.
     Freundschaft?
BETTY
        Nie! Nie! Nie!
Sie läuft schaudernd weg.

Eine Schrift taucht auf:
DER BESETZUNG ÖSTERREICHS GING DER MORD AN ENGELBERT DOLLFUSS VORAUS, DEM ÖSTERREICHISCHEN KANZLER. UNERMÜDLICH SETZTEN DIE NAZIS IHRE VERHANDLUNGEN MIT BÜRGERLICHEN RECHTSKREISEN ÖSTERREICHS FORT.

14

Schlafzimmer des Ui im Mamouthhotel. Ui wälzt sich in schweren Träumen auf seinem Bett. Auf Stühlen, die Revolver im Schoß, seine Leibwächter.

UI *im Schlaf:*
 Weg, blutige Schatten! Habt Erbarmen! Weg!

14

ベティ　　友情なのか?

（彼女に手を差し出す）

（よろめきながら去る）　　　　いえ! いえ! いえ!

（文字が浮かび上がる）

オーストリア占領の前にオーストリアの宰相、エンゲルベルト・ドルフスが殺害された。ナチスは倦むことなくオーストリアの市民的右派勢力と話し合いを続けた。

ウイ　マンモスホテルのウイの寝室。†33

（マンモスホテルのウイの寝室。ウイは悪夢にうなされてベッドで転げまわっている。椅子には用心棒が座っており、膝に拳銃を置いている）

ウイ　（睡眠中）
出ていけ、血まみれの亡霊たち! お願いだ! 出ていけ!

14 Schlafzimmer des Ui im Mamouthhotel

Die Wand hinter ihm wird durchsichtig. Es erscheint der
Geist Ernesto Romas, in der Stirn ein Schußloch.
ROMA
Und all dies wird dir doch nichts nützen. All dies
Gemetzel, Meucheln, Drohn und Speichelspritzen
Ist ganz umsonst, Arturo. Denn die Wurzel
Deiner Verbrechen ist faul. Sie werden nicht aufblühn.
Verrat ist schlechter Dünger. Schlachte, lüg!
Betrüg die Clarks und schlacht die Dullfeets hin –
Doch vor den Eigenen mach halt! Verschwör dich
Gegen eine Welt, doch schone die Verschworenen!
Stampf alles nieder mit den Füßen, doch
Stampf nicht die Füße nieder, du Unseliger!
Lüg allen ins Gesicht, nur das Gesicht
Im Spiegel hoff nicht auch noch zu belügen!
Du schlugst dich selbst, als du mich schlugst, Arturo.
Ich war dir zugetan, da warst du nicht

（後ろの壁が透けて見える。額に銃弾の穴があるエルネスト・ローマの亡霊が現れる）

ローマ　何をやっても無駄だ。虐殺、暗殺、脅迫を繰り返し倉庫に火をつけてもすべてが無駄だ、アルトゥロ。なぜならおまえの犯罪の根が腐っているからだ。悪の花は開かないだろう。裏切りは悪い肥やしだ。殺せ、嘘をつけ！　クラークどもを欺きダルフィートどもを殺せ——それでも身内には手を出すな！　世間に反旗を翻すと誓え！　それでも共謀者は護れ！　すべてのものを踏みつぶすな！　それでも自分の足は踏みつぶすな、不幸なやつ！　誰に対しても面と向かって嘘をつけ。ただ鏡の中の自分の顔には嘘をつこうと思うな！　俺を殺したとき、おまえは自分自身を殺したのだ、アルトゥロ。おまえのことが好きだった。あのころおまえはまだ

14 Schlafzimmer des Ui im Mamouthhotel

Mehr als ein Schatten noch auf einem Bierhausflur.
Nun stehe ich in zugiger Ewigkeit
Und brüte über deine Schlechtigkeit.
Verrat bracht dich hinauf, so wird Verrat
Dich auch hinunterbringen. Wie du mich verrietst 5
Deinen Freund und Leutnant, so verrätst du alle.
Und so, Arturo, warden alle dich
Verraten noch. Die grüne Erde deckt
Ernesto Roma, doch deine Untreu nicht.
Die schaukelt über Gräbern sich im Wind 10
Gut sichtbar allen, selbst den Totengräbern.
Der Tag wird kommen, wo sich alle, die
Du niederschlugst, aufrichten, aufstehn alle
Die du noch niederschlagen wirst, Arturo
Und gegen dich antreten, eine Welt 15
Blutend, doch haßvoll, daß du stehst und dich
Nach Hilf umschaust. Dann wiß: so stand ich auch.

ビヤホールにたむろする影のような存在にすぎなかった。
俺は今、冷え冷えとした永遠の世界に立っておまえのひどさを憂いている。
裏切りがおまえをのし上げたが、裏切りがまたおまえを没落させるだろう。友人であり、片腕でもあった俺を裏切ったように、おまえはすべての人間がおまえをこれから裏切るだろう。緑の大地はエルネスト・ローマを覆い包んでくれたが、おまえの不実はこれから墓の上の風に揺れ動きおまえの不実さは隠しようがない。誰の目にも見える。墓掘り人夫にさえも。
おまえが打ちのめしたすべての人が立ち上がる日が来るだろう。おまえがこれから打ちのめすであろう人たちが立ち上がりおまえに対する反抗を始める日も、アルトゥロ。世界を血みどろにし、憎しみに満ちて。救いを求め、あたりを見回す。いいか、俺もそうして立っていたのだ。

Dann droh und bettel, fluche und versprich!
Es wird dich keiner hören. Keiner hörte mich.
UI *auffahrend:*
Schießt! Dort! Verräter! Weiche, Fürchterlicher!
Die Leibwächter schießen nach der Stelle an der Wand, auf
die Ui zeigt.
ROMA *verblassend:*
Schießt nur! Was von mir blieb, ist kugelsicher.

15

City. Versammlung der Grünzeugbändler in Chikago.

ERSTER GRÜNZEUGHÄNDLER
Mord! Schlächterei! Erpressung! Willkür! Raub!
ZWEITER GRÜNZEUGHÄNDLER
Und Schlimmres: Duldung! Unterwerfung! Feigheit!
DRITTER GRÜNZEUGHÄNDLER
Was Duldung! Als die ersten zwei im Januar

15

そのとき、脅し、願い、呪い、そして約束するがいい！ 誰もおまえに耳を傾けないだろう。誰も俺の話を聞かなかったように。

ウイ （飛び上がって）
撃て！ あそこだ！ 裏切り者！ 弱虫、ぞっとするようなやつ！
（用心棒はウイが指図した壁の箇所を撃つ）

ローマ （消えていきながら）
撃つがいい！ 俺の残骸は銃弾に当たっても不死身だ。

（市の中心地区。シカゴの八百屋たちの集会）

八百屋1
殺人！ 大量虐殺！ 脅迫！ 専横！ 略奪！

八百屋2
それにもっとひどいのは、忍耐！ 屈従！ 臆病！

八百屋3
忍耐だって！ 一月に最初の二人が

15 City

In meinen Laden traten: Hände hoch!
Sah ich sie kalt von oben bis unten an
Und sagte ruhig: Meine Herren, ich weiche
Nur der Gewalt! Ich ließ sie deutlich merken
Daß ich mit ihnen nichts zu schaffen hatte
Und ihr Benehmen keineswegs billigte.
Ich war zu ihnen eisig. Schon mein Blick
Sagt' ihnen: Schön, hier ist die Ladenkasse
Doch nur des Brownings wegen!
VIERTER GRÜNZEUGHÄNDLER
                      Richtig! Ich
Wasch meine Händ in Unschuld! Unbedingt.
Sagt ich zu meiner Frau.
ERSTER GRÜNZEUGHÄNDLER *heftig:*
                      Was heißt da Feigheit?
Es war gesundes Denken. Wenn man stillhielt
Und knirschend zahlte, konnte man erwarten

私の店に入ってきて、「手を上げろ」とやったとき私は冷静にやつらの上から下まで眺めて落ち着いて言った。「みなさん、私は暴力を避けるだけです」と。私はやつらとは何の関わりもないし、やつらの行動を決して許してはいないことをやつらに悟らせた。私はやつらには冷淡だった。すでに私の眼差しがこう語っていた。「よろしい。店の金庫はそこにある。でもライフル銃で脅されたせいだ！」と。

八百屋4

無実であると主張する！　絶対に。　正しい！　私は私は妻にもそう言った。

八百屋1（激しく）　　　臆病ってどういう意味だ？
これは健全な考えだった。じっと耐えて歯を食いしばって金を払えば、こんな人でなしは

Daß diese Unmenschen mit den Schießerein
Aufhören würden! Aber nichts davon!
Mord! Schlächterei! Erpressung! Willkür! Raub!
ZWEITER GRÜNZEUGHÄNDLER

Möglich ist so was nur mit uns! Kein Rückgrat!
FÜNFTER GRÜNZEUGHÄNDLER

Sag lieber: kein Browning! Ich verkauf Karfiol
Und bin kein Gangster.
DRITTER GRÜNZEUGHÄNDLER

                      Meine einzige Hoffnung
Ist, daß der Hund einmal auf solche trifft
Die ihm die Zähne zeigen. Laß ihn erst
Einmal woanders dieses Spiel probieren!
VIERTER GRÜNZEUGHÄNDLER

Zum Beispiel in Cicero!
Auftreten die Grünzeughändler von Cicero. Sie sind kalkweiß.
DIE CICEROER

                    Hallo, Chikago!

市の中心地区

撃ちあいをやめるだろうと期待したからだ！
でもまったく駄目だった！
殺人！　大量虐殺！　脅迫！　専横！　略奪！

八百屋2
私たちだけがこんな目に合うのだろうか！　バックボーンがないから！

八百屋5
それも言うなら、ライフル銃がない！　私はカリフラワーを売っていてギャングではない。

八百屋3
私のただ一つの希望はあの犬野郎が彼に牙をむくやつといつかぶつかることだ。まあ、あいつに一度どこかでこうした戯れを試させてみろ。

八百屋4
たとえばシセロで！
（シセロの八百屋が登場。彼らは真っ青である）

シセロの八百屋たち
　　　ハロー、シカゴの諸君！

15 City

DIE CHIKAGOER

Hallo, Cicero! Und was wollt ihr hier?

DIE CICEROER

                    Wir
Sind hierher bestellt.

DIE CHIKAGOER

        Von wem?

DIE CICEROER

             Von ihm.

ERSTER CHIKAGOER

                Wie
Kann er euch herbestellen? Wie euch etwas vorschreiben? Wie kommandieren in Cicero?

ERSTER CICEROER

                    Mit dem Browning.

ZWEITER CICEROER

Wir weichen der Gewalt.

市の中心地区

八百屋たち ハロー、シセロの諸君！ ここで何がしたいのだ？

シセロの八百屋たち　　　　　　　　　　われわれは

八百屋たち ここに呼ばれたのだ。

シセロの八百屋たち　　　　誰に？

八百屋たち　あいつに。

八百屋1 君たちをここに呼べるのだ？ どうして指図なんかできる？ どうしてシセロで命令なんかできる？

シセロの八百屋1　　　　　　　　　　　　　　ライフル銃で。

シセロの八百屋2
われわれは暴力を避けた。

15 City

ERSTER CHIKAGOER
                        Verdammte Feigheit!
Seid ihr keine Männer? Gibt's in Cicero
Keine Richter?
ERSTER CICEROER
        Nein.
DRITTER CICEROER
               Nicht mehr.
DRITTER CHIKAGOER
                           Hört ihr, ihr müßt
Euch wehren, Leute! Diese schwarze Pest
Muß aufgehalten werden! Soll das Land
Von dieser Seuche aufgefressen werden?
ERSTER CHIKAGOER
Zuerst die eine Stadt und dann die andre!
Ihr seid dem Land den Kampf aufs Messer schuldig!
ZWEITER CICEROER
Wieso grad wir? Wir waschen unsre Hände

八百屋1　忌まわしい臆病さ！　シセロに裁判官は
いないのか？

シセロの八百屋1　いない。

シセロの八百屋3　もういない。

八百屋3　いいか、君たちは
身を守らなければならない、みんな！　この不吉なペストは
止めなければならない！　この国が
こんな伝染病で破滅させられてもいいのか？

八百屋1　まずはじめにこの町、それから別の町へ！
君たちはこの国のために血みどろの戦いをしなければならない！

シセロの八百屋2　なぜわれわれが？　われわれはペストのことでは

In Unschuld.
VIERTER CICEROER
    Und wir hoffen, daß der Hund
Gott geb's, doch einmal noch auf solche trifft
Die ihm die Zähne zeigen.
*Auftreten unter Fanfarenstößen Arturo Ui und Betty
Dullfeet (in Trauer), gefolgt von Clark, Giri, Givola und
Leibwächtern. Ui schreitet zwischen ihnen hindurch. Die
Leibwächter nehmen im Hintergrund Stellung.*
GIRI
    Hallo, Kinder!
Sind alle da aus Cicero?
ERSTER CICEROER
    Jawohl.
GIRI
Und aus Chikago?
ERSTER CHIKAGOER
    Alle.
GIRI *zu Ui:*
    Alles da.

市の中心地区

無実を主張する！

シセロの八百屋4　　そしてわれわれはあの犬野郎が
　　　　　　　　——神よ、それをかなえたまえ——いつかあいつに
　　　　　　　　牙をむくやつとぶつかることを願っている。
（ファンファーレが鳴る中、アルトゥロ・ウイとベティ・ダルフィート〈喪服〉が、クラーク、ジーリ、ジボラ、用心棒を連れて登場。ウイは彼らを通り抜け、歩み出る）

ジーリ　　　　　　　　　　　　　ハロー、子どもたち！

シセロの八百屋4　　みんなシセロから来たのか？

ジーリ　　　　　　　そうです。

シセロの八百屋1　　シカゴからの方は？

ジーリ（ウイに）　　私たち、みんなそうです。

みんなそろった。

15 City

GIVOLA

Willkommen, Grünzeughändler! Der Karfioltrust
Begrüßt euch herzlich.
Zu Clark:
                Bitte sehr, Herr Clark!

CLARK

Ich tret mit einer Neuigkeit vor Sie.
Nach wochenlangen und nicht immer glatten
Verhandlungen – ich plaudre aus der Schule –
Hat sich die örtliche Großhandlung B. Dullfeet
Dem Karfioltrust angeschlossen. So
Erhalten Sie in Zukunft Ihr Gemüse
Vom Karfioltrust. Der Gewinn für Sie
Liegt auf der Hand: Erhöhte Sicherheit
Der Lieferung. Die neuen Preise, leicht
Erhöht, sind schon fixiert. Frau Betty Dullfeet
Ich schüttle Ihnen, als dem neuen Mitglied

ジボラ　八百屋のみなさん、よくいらっしゃいました！　カリフラワー・トラストは心よりご挨拶申し上げます。

（クラークに）　　　　　　　　　　どうぞ、クラークさん！

クラーク　私はニュースを持ってあなた方の前に現れました。何週間にもわたる、必ずしもいつも順調でなかった交渉の末——内部事情を漏らしますが——当地の大企業Ｂ・ダルフィートがカリフラワー・トラストと合併します。みなさんはこれからは野菜をカリフラワー・トラストから得ることになります。あなたがたにとって利益は明白です。商品供給がより確実になるからです。新しい価格は、ちょっと上がりましたがすでに落ち着きました。ベティ・ダルフィート夫人、トラストの新しいメンバーとして、あなたと

Des Trusts, die Hand.
Clark und Betty Dullfeet schütteln sich die Hände.
GIVOLA

               Es spricht: Arturo Ui!
Ui tritt vor das Mikrophon.
UI

Chikagoer und Ciceroer! Freunde!
Mitbürger! Als der alte Dogsborough
Ein ehrlicher Mann, Gott hab ihn selig, mich
Vor einem Jahr ersuchte, Tränen im Aug
Chikagos Grünzeughandel zu beschützen
War ich, obgleich gerührt, doch etwas skeptisch
Ob ich dies freudige Vertraun rechtfertigen könnt.
Nun, Dogsborough ist tot. Sein Testament
Liegt jedermann zur Einsicht vor. Er nennt
In schlichten Worten mich seinen Sohn. Und dankt
Mir tief bewegt für alles, was ich getan hab

握手を交わします。
(クラークとベティ・ダルフィートが握手する)

ジボラ　　次は、アルトゥロ・ウイです！

(ウイはマイクの前に出る)

ウイ　　シカゴ並びにシセロの市民諸君！　友人よ！
市民よ！　誠実な男だった、あの老ドグズバローが
――すでに故人になられたのだが――
一年前に目に涙をためて、私に
シカゴの八百屋の商売を保護するように要請した。
そのとき、私は感動したものの、この喜ばしい信頼に
応えられるかどうか、いくぶん懐疑的だった。
さて、ドグズバローは亡くなられた。彼の遺言は
みなさんが閲覧できるようになっている。彼は私を
簡素な言葉で、「わが息子」と呼んでいた。そして私が
彼の呼びかけに従うようになって以来、私がやった

15 City

Seit diesem Tag, wo ich seinem Rufe folgte.
Der Handel mit Grünzeug, sei es nun Karfiol
Sei's Schnittlauch, Zwiebeln oder was weiß ich, ist
Heut in Chikago ausgiebig beschützt
Ich darf wohl sagen: durch entschlossenes Handeln 5
Von meiner Seite. Als dann unerwartet
Ein andrer Mann, Ignatius Dullfeet, mir
Den gleichen Antrag stellte, nun für Cicero
War ich nicht abgeneigt, auch Cicero
In meinen Schutz zu nehmen. Nur eine Bedingung 10
Stellt ich sofort: Es mußt auf Wunsch der Ladenbesitzer sein! Durch freiwilligen Entschluß
Muß ich gerufen werden. Meinen Leuten
Schärfte ich ein: kein Zwang auf Cicero!
Die Stadt hat völlige Freiheit, mich zu wählen! 15
Ich will kein mürrisches »Schön!«, kein knirschendes
»Bitte!«.

すべてのことに彼は深く感動し、感謝の言葉を述べている。野菜を扱う商売は、カリフラワーであれ、何であれ、ねぎであれ、玉ねぎであれ、今日シカゴでは十分に保護されている。

私の側からの決然とした行動によってだと申し上げていい。それから思いもかけず別の男、イグネイシャス・ダルフィートが私にシカゴと同じ申請をしてきた。そのとき私はシセロのためにシセロも私の保護のもとに置くことをいとわなかった。

ただ一つ、私はすぐに条件を付けた。それは八百屋の店主の願いでなければならない！自発的な決断であれば、私はこれに応じよう。

私は部下に説いて聞かせた。

「シセロを強要するな！」あの町はまったく自由に私を選ばねばならない！

不機嫌に「いいです！」とか、しぶしぶ「どうぞ！」は嫌だ。

Halbherziges Zustimmen ist mir widerlich.
Was ich verlange, ist ein freudiges »Ja!«
Ciceroischer Männer, knapp und ausdrucksvoll.
Und weil ich das will und, was ich will, ganz will
Stell ich die Frage auch an euch noch einmal
Leute aus Chikago, die ihr mich besser kennt
Und, wie ich annehmen darf, auch wirklich schätzt.
Wer ist für mich? Und wie ich nebenbei
Erwähnen will: Wer da nicht für mich ist
Ist gegen mich und wird für diese Haltung
Die Folgen selbst sich zuzuschreiben haben.
Jetzt könnt ihr wählen!

GIVOLA

                      Doch bevor ihr wählt
Hört noch Frau Dullfeet, allen euch bekannt
Und Witwe eines Mannes, euch allen teuer!

BETTY

Freunde! Da nunmehr euer aller Freund

市の中心地区

あまり熱のこもらない賛成は不快だ。私が要求するのはシセロの市民の喜ばしい「イエス!」、簡潔で力強い「イエス!」だ。それを求めているのだから、その気持ちが強いのだからあなたたちにもう一度質問する。シカゴの諸君、あなたたちは私のことをもっとよく知っているし私が思うに、私のことを評価してくれている。私に賛成しているのは誰だ? ついでに言及させてもらうなら、私に賛成でない人は私に敵対しているということだから、こうした態度の結果には自分で責任を負ってもらわねばならないだろう。

さあ、みなさん選んでくれ!

ジボラ
　　　　　だけどみなさんが選ぶ前にダルフィート夫人に尋ねてみてください! みなさんがよくご存知でみなさんに忠実だった男性の未亡人です。

ベティ
　みなさん! あなたたちみんなの友で、私の愛しい夫だった

Mein lieber Mann Ignatius Dullfeet, nicht mehr
Weilt unter uns...
GIVOLA
              Er ruh in Frieden!
BETTY
                           Und
Euch nicht mehr Stütze sein kann, rat ich euch
Nun euer Vertraun zu setzen, in Herrn Ui
Wie ich es selbst tu, seit ich ihn in dieser
Für mich so schweren Zeit näher und besser
Kennengelernt.
GIVOLA
              Zur Wahl!
GIRI
                        Wer für Arturo Ui ist
Die Hände hoch!
Einige erheben sofort die Hand.

ジボラ　イグネイシャス・ダルフィートはもうこの世におりませんので……

彼は平穏に眠っています！

ベティ　そして

ジボラ　みなさまがたにお願いします。どうかウイさんを信頼してください。私にとってかくも困難なこの時代に、ウイさんとより近しく、よりよく知り合うようになって以来、私自身がそうしてきたように。みなさんを支えることがもうできませんので、私が

ジーリ　選んで！

ジボラ　アルトゥロ・ウイに賛成の方は挙手してください！

（何人かがすぐに手を上げる）

15 City

EIN CICEROER

                Ist's auch erlaubt, zu gehn?
GIVOLA

Jedem steht frei, zu machen was er will.
Der Ciceroer geht zögernd hinaus. Zwei Leibwächter folgen
ihm. Dann ertönt ein Schuß.
GIRI

Und nun zu euch! Was ist euer freier Entschluß?
Alle heben die Hände hoch, jeder beide Hände.
GIVOLA

Die Wahl ist aus, Chef, Ciceros Grünzeughändler
Und die Chikagos danken tiefbewegt
Und freudeschlotternd dir für deinen Schutz.
UI

Ich nehme euren Dank mit Stolz entgegen.
Als ich vor nunmehr fünfzehn Jahren als
Einfacher Sohn der Bronx und Arbeitsloser
Dem Ruf der Vorsehung folgend, mit nur sieben

市の中心地区

シセロの八百屋の一人　　帰ってもいいのですか？

ジボラ　どなたも好きなように。ご自由にしてください。
（そのシセロの八百屋はためらいながら出ていく。二人の用心棒が彼のあとを追う。それから銃声がする）

ジーリ　今度はみなさんです！　あなたたちの自由な決断はどんなものですか？
（みんな挙手する。全員が両手を挙げている）

ジボラ　選挙は終わりました、ボス。シセロの八百屋と
ウイ　シカゴの八百屋は深く感動し
喜びに震えながら、あなたの保護に感謝しています。

諸君の感謝を受けることを誇りに思う。
私は今から十五年前にブロンクスという下町の
庶民の子として、一失業者として、神の摂理に招かれて
シカゴでわが道を歩み始めた。

15 City

Erprobten Männern auszog, in Chikago
Meinen Weg zu machen, war's mein fester Wille
Dem Grünzeughandel Frieden zu verschaffen.
's war eine kleine Schar damals, die schlicht
Jedoch fanatisch diesen Frieden wünschte! 5
Nun sind es viele. Und der Friede in
Chikagos Grünzeughandel ist kein Traum mehr.
Sondern rauhe Wirklichkeit. Und um den Frieden
Zu sichern, hab ich heute angeordnet
Daß unverzüglich neue Thompsonkanonen 10
Und Panzerautos und natürlich was
An Brownings, Gummiknüppeln und so weiter noch
Hinzukommt, angeschafft werden, denn nach Schutz
Schrein nicht nur Cicero und Chikago, sondern
Auch andre Städte: Michigan und Milwaukee! 15
Detroit! Toledo! Pittsburg! Cincinnati!
Wo's auch Gemüsehandel gibt! Flint! Boston!

たった七人の信頼のおける男たちとともに。
当時、八百屋のおける決意だった。
私の揺るぎない決意だった。
そのころは質素に、それでも熱烈にこうした平和を願った。
彼らは質素に、それでも熱烈にこうした平和を願った。
今では業者の数も増えた。シカゴの八百屋の商売における平和は
もはや夢ではない。それは今や生の現実となった。
平和を確実なものにするために
私は指令を出した。
即座に新式トンプソン機関銃と
装甲車、それにもちろん
ライフル銃とゴム製の警棒、そのほかのものも含め
これらすべてを調達せよと。なぜなら
保護を求めているのはシセロとシカゴだけでなく
ほかの町もそうなのだ。ミシガンとミルウォーキー！
デトロイト！ トレドー！ ピッツバーグ！ シンシナティ！
八百屋の存在するいたるところで！ フリント！ ボストン！

Philadelphia! Baltimore! St. Louis! Little Rock!
Connecticut! New Jersey! Alleghany!
Cleveland! Columbia! Charleston! New York!
Das alles will geschützt sein! Und kein »Pfui«
Und kein »Das ist nicht fein!« hält auf den Ui!
Unter Trommeln und Fanfarenstößen schließt sich der Vorhang.

Während der Rede des Ui ist eine Schrift aufgetaucht:
DER WEG DER EROBERUNGEN WAR BESCHRITTEN. NACH ÖSTERREICH KAMEN DIE TSCHECHOSLOWAKEI, POLEN, DÄNEMARK, NORWEGEN, HOLLAND, BELGIEN, FRANKREICH, RUMÄNIEN, BULGARIEN, GRIECHENLAND.

Epilog

Ihr aber lernet, wie man sieht, statt stiert
Und handelt, statt zu reden noch und noch.
So was hätt einmal fast die Welt regiert!

フィラデルフィア！ ボルチモア！ セントルイス！ リトルロック！ コネティカット！ ニュージャージー！ アレゲニー！ クリーブランド！ コロンビア！ チャールストン！ ニューヨーク！ これらの町はみな保護を求めているのだ！「ちくしょう」とか「これはよくない」とかいう声は、ウイには浴びせられない！

（太鼓とファンファーレが響き、幕となる）

（ウイの演説中に文字が浮かび上がる）

ヒトラーは侵略の道を歩んでいった。オーストリアの後にチェコスロヴァキア、ポーランド、デンマーク、ノルウェー、オランダ、ベルギー、フランス、ルーマニア、ブルガリア、ギリシャへとその道は続いた。

エピローグ

でもみなさんはこの芝居で、ぼんやり眺めてないで、見ることを、まだまだと言ってないで、行動することを、学ばれたでしょう。こんなやつがかつてほとんど世界を支配しそうになったのです！†34

EPILOG

Die Völker wurden seiner Herr, jedoch
Daß keiner uns zu früh da triumphiert –
Der Schoß ist fruchtbar noch, aus dem das kroch!

エピローグ

諸国民がやつを屈服させ、やつの主となりました。それでもここで勝利を喜ぶのはまだ早すぎます。——やつが這い出てきた母胎は、まだ生む力を失っていないのですから。

ENDNOTEN

註釈

†1 [一三頁] 「高尚な様式」としてブレヒトが特に力を注いだのがブランクヴァース(blank verse, Blankvers)である。ブランクヴァースはシェイクスピアやエリザベス朝演劇で多く用いられ、のちにドイツでもレッシングやゲーテが愛用した詩形である。一行が弱強(抑揚)格の五詩脚でできた無韻詩で、ブレヒトはほぼ全編をこの詩形で書いている。ギャングに高尚な古典様式で書かれたテクストを語らせるという異化がもくろまれている。

†2 [一三頁] 年の市で、大道歌手によって歌われるモリタート(殺人物語)など、歴史的な出来事を絵・詩・音楽で表したパフォーマンスとして有名。

†3 [一九頁] プロローグのモリタート的特徴は年の市の歴史劇の伝統から来ている。クニッテルフェルス(Knittelvers)で書かれており、大道芸人の口上を思わせる。一行は四つのHebung(強格=揚格)からなり、二行ずつ脚韻を踏んでいる。

†4 [一九頁] ドックなどの港湾施設の建設事業にまつわるスキャンダルは、ワイマール共和国時代のエルベ川以東の地域の救済事業(東部救済事業)に関するスキャンダルに重なる。すでにヘルマン・ミュラーの首相時代(一九二八―一九三〇)、東エルベの大地主は過度な負債を負った土地の再開発のために国家からの援助を受けていた。緊急命令で一九三一年三月三十一日に発令した「東部の困窮地域の援助法」は大農園に

472

†5 [一九頁] 大きな利益をもたらした。援助金は、七十パーセントがユンカーに、三十パーセントが困窮した農民に配分されており、その不平等さゆえに論議を呼んだ。腐敗、資金の流用、収賄などのうわさが絶えず、一九三三年一月に議会が調査に乗り出した。帝国大統領ヒンデンブルクはこのスキャンダルに巻き込まれる。一九二七年、自らユンカーだった彼は、以前没収された東プロイセンのノイデックの土地を、八十歳の誕生祝いとしてユンカーと実業家から寄贈される。同時にこの土地の再開発のために東部救済事業の恩恵を被ることになる。彼はその見返りとして、ユンカーや実業家の利益擁護の立場を迫られた。ブリューニング内閣が進める東部救済政策が「ユンカー・実業家の意見を彼は政治家として代弁することになる。

†6 [一九頁] Dog（犬）はドイツ語で Hund, borough は Burg で、Hindenburg をあてこすっている。ヒンデンブルク（Paul von Hindenburg）は一九二五年から一九三四年までドイツ帝国大統領を務めた。彼は一九三三年一月三十日にヒトラーをドイツ帝国宰相に任命している。

†7 [一九頁] ヒンデンブルクは一九三四年五月に政治的な遺言状を書いている。それは二部に分かれており、自分の仕事や人生に対する決算報告のようなものと、ヒトラーに宛てた個人的な書簡からなる。彼の死後、一九三四年八月十五日に遺言状は開かれたが、ヒトラーあての書簡は発見されなかった。

題名にもなっている「アルトゥロ・ウイの興隆」（Der Aufstieg des Arturo Ui）は偉

ENDNOTEN

†8 [一九頁] 一九四一年にできた最初の草稿では、題名は『止められるアルトゥロ・ウイの興隆』(Der aufhaltsame Aufstieg des Arturo Ui) となっていた。unaufhaltsam は「ストップできない」「止められない」という意味の形容詞だが、aufhaltsam はこの言葉から否定の接頭辞 un を取ったブレヒトの新語である。破竹の勢いのウイの興隆は「止められる」というブレヒトの主張が込められている。

大な個人や国家の「興隆と没落」という、エリザベス朝の多くの歴史劇に出てくる台本パターンに寄っている。ブレヒト作品ではクルト・ヴァイルの音楽で有名な『マハゴニー市の興隆と没落』がある。なお主人公のウイという名前は、ブレヒトの未完の散文断片である『ジャコモ・ウイの人生と行動』から来ている。

†9 [一九頁] 倉庫放火事件は一九三三年二月二七日夜から二八日にかけての国会議事堂放火事件を指す。なお裁判は一九三三年九月二一日から十二月二三日までライプツィヒで開かれた。

†10 [一九頁] モデルはオーストリアの連邦首相ドルフス (Engelbert Dollfuss) である。一九三二年に就任し、イタリアのファシズムを手本とした独裁政権を打ち立てようとした。彼は一九三三年以前のオーストリアのほとんどの政党がそうであったように、ドイツ帝国とオーストリアの統合にには賛成の立場をとっていたが、ヒトラーが指導するナチスドイツの強制的な併合 (Anschluß) には反対だった。一九三四年七月二五日、ドイツに支援されたオーストリアのナチス勢力の反乱によって暗殺された。

†11 [一九頁] ローマはヒトラーの若いころからの腹心レーム (Ernst Röhm) がモデルになって

474

†12 [三二頁] いる。レームは一九三一年から一九三四年七月一日までSA（ナチスの突撃隊）の隊長を務めた。政権獲得後、ヒトラーが資本家や国防軍首脳と取引したことに対してナチス党内に不満が高まった。これを抑えるためにレームを反乱の首謀者として一九三四年六月三十日に逮捕し、レームは翌日銃殺された。この「長い刃の夜」の粛清で、ヒトラーは独裁体制を固めていった。

†13 [三三頁] シカゴの西部近郊にある都市。一九二四年四月一日にギャングの親玉アル・カポネがここを占領し、本拠地とした。シカゴとシセロはこの作品ではドイツとオーストリアになぞらえており、一九三八年のドイツによるオーストリア併合が描かれている。

†14 [五一頁] Karfiol（カリフラワー、花野菜）はドイツ南部、オーストリアの言葉で、ドイツではふつう Blumenkohl と呼ぶ。アメリカの犯罪組織は一九二〇年代にその活動を合法的な食品産業に広げていく。特にカリフラワー・トラストとの協力関係は、ナチスの台頭に重要な重工業や東エルベ地域のユンカーとの提携を暗示している。シートのモデルはシュライヒャー（Kurt von Schleicher）将軍。一九三二年十二月、パーペンの辞任に伴い、ワイマール共和国最後の首相に就任するが、パーペンによって一九三三年一月に失脚させられる。政界を引退したが一九三四年のレーム事件に連座する形で虐殺された。

†15 [六一頁] ヒンデンブルクの息子 Oskar von Hindenburg がモデルになっている。息子は父親の私的な「副官」、忠臣者として、帝国大統領官邸で重要な役割を果たした。

475

ENDNOTEN

†16 [八五頁] 一九三二年八月十三日に東シュレージエンのポテンパで起きた事件を暗示している。SAが共産党員であるポーランド人労働者を襲撃、殺害し、死刑判決を受けた。判決は実行されなかったが、ナチスの暴力行為に対する厳しい批判を表明するものとなった。

†17 [八七頁] ゲーリング (Hermann Göring) がモデル。ゲーリングは一九二二年にナチス党に入党。一九三〇年以降はヒトラーに最も近い幹部の一人に数えられた。ナチス政権で入閣、航空相や空軍総司令官を務めた。

†18 [九一頁] 紀元前二一一年の第二次カルタゴ戦役で、カルタゴ領内の町カプアはローマに占領された。新聞記者は、鉄壁を誇ったカプアの落城とナチスを皮肉っぽく比較している。景気が回復した一九三二年十一月の選挙で(一時的だが)ナチス党は支持を失うが、その後の悲観的な雰囲気や、時として疑問視されるヒトラーの役割などをカプアの状況に重ねている。

†19 [九五頁] モデルはナチスドイツの宣伝相だったゲッベルス (Paul Joseph Goebbels) である。新しい宣伝手段と巧みなデマゴギーで一九三〇年代のナチス党の党勢拡大に貢献した。少年時代に患った小児まひのため片足が不自由で、歩行困難だった。ジボラは同時にアル・カポネの伝記に出てくる実在のギャング、オベイニオン (O'Banion) を思わせる。彼も右足が左足よりも四インチ短かったという。

†20 [九七頁] シラーの『ヴァレンシュタインの陣営』(一七九八) のプロローグ、「後世の人間は役者に花輪など編んでくれない」のもじり。

註釈

†21 [一二五頁] モデルになっているのはフォン・パーペン（Franz von Papen）である。一九三二年六月一日から十一月一七日まで帝国宰相を務めた彼は、歴史的にみるとヒトラーのかばん持ち的役割を果たした。一九三三年の一月末にヒトラーとヒンデンブルクの間で合意に達した、「ヒトラーを次の帝国宰相に任命する」という取り決めは、フォン・パーペンがそのお膳立てをしたと言われている。

†22 [一二九頁] シェイクスピアの『ジュリアス・シーザー』第三幕第二場のアントニーの演説のこと。デマゴギー的な演説の模範とされている。シーザーの殺害をブルータスが正当化した後、アントニーはシーザーを弔う演説の機会を利用し、巧みな話術で聴衆が次第にブルータスへの反感を強めるように仕向ける。なおシェイクスピアがブルータスに付与した修飾語 ambitious（野心のある、大望のある）は、ブレヒトでは tyrannisch（専制君主的な、暴君の）に変えられ、意味を強めている。

†23 [二五一頁] 国会議事堂放火事件を連想させる。誤認逮捕された放火犯はオランダ共産党員ファン・デア・ルッベ（Marinus van der Lubbe）だった。劇中のフィッシュはファン・デア・ルッベがモデルである。ナチス政府は放火の罪を共産主義者に擦り付け、共産党に対する大弾圧を始めた。

†24 [二五七頁] ファン・デア・ルッベは薬物によって無感情状態にされたが、ナチスはこれを仮病とみなした。

†25 [二九七頁] 相続税がかからないようにするため、ヒンデンブルクは別荘を息子の名義にしていた。

†26 [三二九頁] アル・カポネは一九二四年四月一日にシカゴ近郊のシセロを占領している。シカゴ

477

ENDNOTEN

†27 [三四五頁] をドイツ、シセロを隣接する小国オーストリアと考えると、一九三八年三月のナチスドイツによるオーストリア併合に重なる。

†28 [三五五頁] ダルフィート夫人（モデルはオーストリア連邦首相ドルフス夫人）のこれ以降のセリフから、一九三四年から一九三八年までのオーストリアのドイツに対する揺れ動く立場、微妙な関係が垣間見える。ドルフスの後継首相シュシュニグは何度もヒトラーと会談しており、彼の妥協的な立場はドルフス夫人にも共通する。

†29 [三七五頁] ガレージの場面はシカゴで起きた聖ヴァレンタインデー虐殺事件を思わせる。この事件は一九二九年二月十四日に七人のギャングが処刑された事件である。この事件は同時に一九三四年六月三十日のレーム粛清事件につながる。

†30 [三九三頁] オーストリア首相ドルフスは一メートル五十一センチの身長しかなかった。

†31 [三九九頁] このあと四〇三頁一五行までは、二組のペア（ウイとベティ、ジボラとダルフィート）が応答を繰り返す。ゲーテの『ファウスト第一部』の庭園場面では、ファウストとグレートヒェン、メフィストフェレスとマルテが交互に現れるが、この場面を模している。ここはゲーテ同様ブランクヴァースではなく、クニッテルフェルス（プロローグと同じ）で書かれている。一行に四つの強格があり、二行ずつ脚韻を踏んでいる。また詩行は部分的にゲーテのテクストを利用しており、一種のパロディの役割を果たしている。ゲーテの『ファウスト第一部』のマルテの庭園の場面でグレートヒェンがファウス

註釈

†32 [四一七頁] ここから十三場の最後までウイとベティの対話が続く。この場面は部分的にシェイクスピアの『リチャード三世』の第一幕第二場、第四幕第四場の求愛場面から取られている。

†33 [四三七頁] ウイが亡霊にうなされるこの場面は、シェイクスピアの幽霊場面と関連している。『リチャード三世』の第五幕第三場、『ジュリアス・シーザー』の第四幕第三場、『マクベス』の第三幕第四場などに現れる状況が、この場面と結びついている。

†34 [四六九頁] ここからの最後の四行は、『戦争案内』(*Kriegsfibel*) の最後をなす六十九番とほぼ同じである。

解題

市川 明

KOMMENTAR

『アルトゥロ・ウイの興隆』が語りかけるもの

> In den finsteren Zeiten 暗黒の時代
> Wird da auch gesungen werden? そこでも人は歌うだろうか?
> Da wird auch gesungen werden. そこでも人は歌うだろう。
> Von den finsteren Zeiten. 時代の暗黒を。
>
> (ブレヒト『スヴェンボー詩集』より)

I 暗い時代からの叫び——ブレヒトの亡命中の詩

一九三三年二月、ナチスによる悪名高い国会議事堂放火事件の翌日、ベルトルト・ブレヒ

482

ト(Bertolt Brecht, 1898-1956)はベルリンを去った。チェコ、オーストリア、スイスを通ってデンマークへ。そこからスウェーデン、フィンランドへ逃れ、シベリア大陸を横断し、船でアメリカへ。それは十五年に及ぶ世界を巡る亡命の旅であった。ブレヒトはドイツに戻るまで、「靴をかえるよりしばしば住むところをかえながら、階級の闘いの間をくぐり抜けていった」のだ。

同年八月、ブレヒトは妻で女優のヘレーネ・ワイゲルとともに、デンマークの小さな町スヴェンボーに移り住む。海峡越しにドイツを臨む、わら屋根の家が五年余りの仮住まいとなった。ブレヒトはここで「友たちの闘争を見守りながら、詩を書き送り続けた」。これらの詩の大半は、全六章からなる『スヴェンボー詩集』(*Svendborger Gedichte*) に収められており、暗い時代からのブレヒトの抵抗の叫びが聞こえてくる。冒頭に掲げた四行詩は第二章のモットーである。

同時期に書かれた詩『抒情詩には向かない時代』(*Schlechte Zeit für Lyrik*) の最終連(第五連)をブレヒトは次のように結んでいる。

僕の心の中では争っている。
花盛りのリンゴの木への感動と
ペンキ屋ヒトラーの演説への戦慄が。
でも後者だけが
僕を駆り立て、ペンを取らせる。

　ブレヒトは、自己の葛藤を明らかにしながら、自分が下した決断を示す。「花盛りのリンゴの木への感動」と「ペンキ屋ヒトラーの演説への戦慄」(ペンキ屋はブレヒト独自の表現で、へぼ絵描き、白を黒と言いくるめるペテン師などの意)が心の中で争っている。だが今は抒情詩に向かない時代であり、自分は社会的・政治的なものを詩のテーマに選ぶのだと。政治詩人、中野重治のように「お前は赤ままの花やとんぼの羽根を歌ふな」と直接的な呼びかけはしなかったものの、ブレヒトは自然や恋愛に思いをはせながら、それについて歌うことを断念したのだ。

2 ヒトラー風刺劇への助走

ヒトラーへの批判を、自分の作品の中で書くことを決断したブレヒトは、ヒトラーの風刺劇の構想を、亡命後すぐに練り始めていた。思想家ヴァルター・ベンヤミン (Walter Benjamin) は、一九三四年、三六年、三八年の夏にブレヒトをスヴェンボーに訪ね、そこに滞在している。ベンヤミンは一九三四年九月二十七日の日記に、ブレヒトの書こうとしている二つの散文のテーマを記している。一つは長編としての『トゥイ小説』(*Tui-Roman*) であり、もう一つは短編のウイ小説である。後者はベンヤミンが記すところによると、ルネッサンスの資料編纂者の文体を借りた、ヒトラーに対する風刺小説らしい。

ブレヒトは一九三四年十月に、小さなプロジェクトの提案をアムステルダムの出版社にしている。ベンヤミンへの手紙でブレヒトが記しているのは『パドゥアのジャコモ・ウイの人生と行動』(*Leben und Taten des Giacomo Ui aus Padua*) と題されたもので、パドゥアの「総統」ウイの人生のさまざまな出来事を、ヒトラーの伝記やナチスの初期のころの運動と重ね合わせる試み

なのだ。出版社は乗り気でなく、ブレヒトの計画は挫折するが、この短編は『わずかな人しか今は覚えていない』(Wenige wissen heute) というタイトルでブレヒト三十巻全集の第十九巻に収められている。いずれにせよこの作品の主人公ウイの名前はここから来たものである。

一九三〇年代にブレヒトは、『ウイ』を書くために徹底的な資料収集を行っている。それは大きく二つに分かれる。①ナチ支配が確立するまでの歴史的資料、②アメリカのギャング団に関する資料、である。ブレヒトは特に国会議事堂放火事件に大きな関心を抱いており、ナチス白書とも言うべき『国会議事堂放火事件とヒトラーのテロに関する褐色の書』(Braunbuch über Reichstagsbrand und Hitler-Terror) や、ライプツィヒの法廷で果敢に戦ったディミトロフを描いた『褐色の書2 ディミトロフvsゲーリング 真の放火犯人の暴露』(Braunbuch 2. Dimitroff contra Goering. Enthüllung über die wahren Brandstifter) などを読み漁ったと言われている。

ブレヒトはルドルフ・オルデン (Rudolf Olden) のヒトラー伝記や、エミール・ルートウィヒ (Emil Ludwig) のヒンデンブルク伝記を読んでいたし、ヒトラーのライバルとされたエルンスト・レーム (Ernst Röhm) についても独自に調査している。ベルリンのブレヒト文書館には、ブレヒトの線が引かれたこれらの文献が残されている。国会議事堂放火事件の裁判や、レーム

486

とSA（ナチス突撃隊）幹部の粛清は、『アルトゥロ・ウイの興隆』の第8場と第11場で取り上げられている。

アメリカのギャング団、特にアル・カポネ（Al Capone）に関する資料収集については偶然が支配している。アメリカの労働者劇団シアター・ユニオンはブレヒトの『母』（*Die Mutter* ゴーリキーの『母』の改作劇）を一九三五年十一月にニューヨークで上演した。ブレヒトはこれに合わせ、作品の音楽を担当した作曲家ハンス・アイスラーとともに、一九三五年十月から一九三六年二月までニューヨークに滞在している。ブレヒトはこの機会を利用して、アイスラーとともに足しげく映画館に通い、アメリカのギャング映画を見たという。ブレヒトはアメリカの映画技術の進歩に驚嘆するとともに、ギャング映画というジャンルの常道である「英雄の神話化」にも注目していた。

ブレヒトは大量の新聞の束を、亡命地であるデンマークに持ち帰った。その中には、ニューヨークのギャングのボス、ダッチ・シュルツ（Dutch Schultz）の虐殺を報じる記事や、フレッド・D・パスリー（Fred D. Pasley）の論評「ニューヨークのギャング戦争」〈ニューヨーク・デイリーニュース〉なども含まれている。ブレヒトは聖ヴァレンタインデーの大虐殺を作品中に

487

取り入れている。アル・カポネについては、先に述べたパスリーのカポネ伝記を読んでいる。このころからブレヒトの興味はニューヨークからシカゴへ、シュルツからカポネへと移っていく。本作の第一稿にはブレヒトの手書きの修正が多くあるが、第1場冒頭のクラークのセリフの「ニューヨーク」が「シカゴ」に変えられている（ブレヒト文書館 BBA 174/05）。

ブレヒトは、ヒトラーとカポネの間に多くの類似点を見出していた。出生・素性が明らかでないこと。社会的に受け入れられる行動様式の訓練・練習を繰り返していたこと。一流ホテルへの投宿などである。これらはすべてブレヒトの作品中に反映されている。また禁酒法の時代のアメリカで、いかにしてギャング団が酒類を密売し、用心棒料をせしめ、成り上がっていくのかがブレヒトには明らかになってくる。ギャング団の暗躍や武力抗争を、ブレヒトは一つの演劇としてとらえ、ドイツの歴史に重ね合わせたと言える。このようにして『アルトゥロ・ウイの興隆』の成立の要件は整えられた。

3 『アルトゥロ・ウイの興隆』の成立史

この作品は五つのタイプ原稿がある。成立史をまず概観してみよう。

- 一九四一年三月十日から二十九日
『止められるアルトゥロ・ウイの興隆』の最初の執筆
- 一九四一年四月から五月初旬
初稿の改稿。タイプ原稿で新しいタイトル『K・コイナーのアルトゥロ・ウイ（劇詩）』
- 一九五三年ごろ
第三稿のタイプ原稿『止められるアルトゥロ・ウイの興隆』
- 一九五四—五六年
二つのタイプ原稿。タイトル『アルトゥロ・ウイの興隆』。第五稿にはブレヒトの最後の修正。

KOMMENTAR

- 一九五七年 死後に初めて出版(『意味と形式』誌、ブレヒト特集2)
- 一九五八年十一月十日 世界初演。ヴュルテンベルク州立劇場(シュトゥットガルト)

ブレヒトが『ウイ』の仕事に取りかかった最初の日(一九四一年三月十日)にブレヒトは『日誌』(*Journale*)に次のように記している。

アメリカ演劇のことを考えているうちに、以前ニューヨークで抱いたある着想がまた頭をよぎった。僕らがみんな知っている出来事を思い出させるようなギャング劇を書くことだ(僕らのお馴染のギャング劇)。さっそく11場か12場くらいの作品の構想を練ってみる。もちろんこれは高尚な古典形式で書かねばならない。

作業を終えた一九四一年三月二十九日に、ブレヒトは『ウイ』のタイプ原稿の終わりに、

490

「共同作業者：マルガレーテ・シュテフィン（Margarete Steffin）」と書き記した。一九四一年六月四日に肺結核で亡くなった彼女は、ブレヒトのよき同志であり、言葉の先生でもあった。ブランクヴァースで書かれたこの作品の、韻律・リズムを細かにチェックし、修正してくれたのも彼女だった。

最初『止められるアルトゥロ・ウイの興隆』というタイトルだったこの作品は、ナチス帝国の拡大が「止められない」ように思われ、それがブレヒトに直接的な脅威を与えたときに成立した。一九四〇年四月、ヒトラーの軍隊はデンマーク、ノルウェーに侵入したため、ブレヒトは避難地スウェーデンを離れ、ヨーロッパ亡命の最後の滞在地であるフィンランドに向かった。数週間後の一九四〇年五月十日、ヒトラーは西部への進軍を開始した。それはフランス、ベルギー、オランダ、ルクセンブルクの占領で終わった。

『日誌』に書かれているようにドイツ軍の進軍のテンポは驚くべきものだった。「テンポが戦争という行為に新たな質を与えている。ドイツの電撃戦はあらゆる予測を覆してしまった。予期した経過があまりにも早く実現して、その結果がまったく予期しないものになったためである。技術が戦争という舞台に新たなディメンションを加えている」（一九四〇年六月八日）。パリ

に侵入したドイツ軍と、将軍たちに囲まれてはしゃぐヒトラーの写真の間に亡命者の諦念的な記述が添えられている。「もしかしたら、後の時代には、この時代の戦争における各国民衆の無力感を理解することが難しくなるかもしれない」(一九四〇年六月十四日)。展開の速さは『ウイ』の内容に表れているだけでなく、ブレヒトが書く作品のテンポにも影響を与えた。

一九四一年三月、ヘルシンキで三週間たらずの間に『ウイ』第一稿が出来上がった。ナチスの進軍に負けないスピードで。ヒトラーをシカゴのギャング団のボス、アルトゥロ・ウイになぞらえた寓意劇。ヒトラーはナチ党内の反対派を粛清し、財閥の後ろ盾を得て政権を獲得、オーストリアを併合する。こうした歴史的出来事を盛り込んだウイの出世物語として、戯曲はテンポよく展開していく。

4 上演の可能性を求めて──ハリウッドでのブレヒト

一九四一年三月、フィンランドに異常事態法が発令され、ナチス軍の侵攻が迫っていた。ブ

解題

レヒト一家四人は一九四一年五月十三日にフィンランドを脱出、シベリア大陸を横断してウラジオストックへ。その後、長い船旅を終え、ロサンゼルスの外港サン・ペドロに七月二十一日到着した。彼らはハリウッドの近くのサンタ・モニカに居を構えた。四季のない南カリフォルニアの生暖かい気候は、引き締まるような冬の寒さに慣れたブレヒトにはけだるく感じられた。ライ麦の入らない白パンも彼の口には合わなかった。

ハリウッドは太平洋岸のワイマールといわれ、ドイツからの亡命者、特に文学、音楽、演劇界の傑出した芸術家たちの新しい中心地となっていた。この亡命者コロニーでは、少数の成功者の裕福な生活と大多数の落伍者の屈辱的な生活が対照的だった。アメリカという「イージーゴーイングの国」にブレヒトは最初からなじめなかった。彼はひたすら映画のもとになるストーリーを書き続けるが、どれ一つとして採用されなかった。映画界にうまく入り込めなかったブレヒトは一九四二年四月に、「ここ十年ではじめて僕はまともな仕事を何一つしていない」と記している。

ルート・ベルラウ（Ruth Berlau）の思い出によれば、ブレヒトは「この作品（『アルトゥロ・ウイの興隆』）で、アメリカではすぐにお金儲けできる」と考えていた。この作品はアメリカ

493

上演のために書かれたと言ってよかった。アメリカの作家、ホフマン・レイノルズ・ヘイズ (Hoffmann Reynolds Hays) が翻訳を担当してくれ (*The Rise of Arturo Ui*)、亡命中のドイツ人演出家、エルヴィン・ピスカートア (Erwin Piscator) とも連絡を取ってくれた。さらに演出家、ベルトルト・フィアテル (Berthold Viertel) にも問い合わせたが、二人とも承諾しなかった。

一九四一年秋に、ブレヒトはアメリカでの上演をあきらめてしまった。「アメリカでは誰もこの作品には興味を示さなかった」とブレヒトは嘆く。どうせアメリカで（翻訳劇として）上演するしか可能性はないのだから、ヤンブス（弱強格）はいい加減なものでいい、というブレヒトの思いは甘い幻想でしかなかった。

作品はブレヒトの生前、出版も上演もされなかった。ブレヒトは五つの稿のいずれにも出版許可を与えていない。最後の修正を加えた第五稿が決定版だと思われるが、修正がなされていない部分もあり、未完の作品だと言える。場面で言うと、第1場の後に第1a場が来ており、第9場の前に第9a場が来ている。第8場の裁判の場面は8aから8gまであるが、第四稿まであった8dは抜けている。ブレヒトが第二稿で「劇詩」という副題をつけていたように、ほぼ全編がブランクヴァースで書かれた韻文だが、第8場のいくつかの箇所は散文のままだし、韻文部分

でもブランクヴァースになっていない部分もある。演出家としてのブレヒトは稽古場でワークインプログレスの形で台本に手を入れ、作品を完成させるのが常だったが、上演の可能性がないこの戯曲を完成させる意欲を失ったのかもしれない。

さて作品の中身について少し触れてみたい。

5 モリタート的なプロローグ

ブレヒトが生まれ、育ったアウクスブルクでは、毎年二度、春と晩夏に、プレラーと呼ばれる歳の市が開かれた。特に彼をひきつけたのはベンケルゼンガーだった。ベンケルゼンガーは大道演歌師で、台に乗って、細い柱に掛けられた大きな絵の一こま一こまを棒で指し示しながら、戦争、災害、犯罪などのニュースをバラードに仕立て、手回しオルガンなどの伴奏にのせて、聴衆に語り、歌いかける。絵画と文学と音楽が一体となった大衆的な総合芸術と言えよう。なかでも好まれたのは殺しを扱った歌でモリタートと呼ばれた。モルトタート（殺人）か

495

KOMMENTAR

ら来た言葉で、残酷な殺しの場面を生々しく写し出し、聴衆を興奮の渦に巻き込んだ。『三文オペラ』(*Die Dreigroschenoper*) が『どすのメッキーのモリタート』(「マック・ザ・ナイフ」)で始まったように、『ウイ』劇でもプロローグでモルトタート(殺人)が次々に起きることが予告される。

観客のみなさん、今日お目にかけますのは

[…]

大ギャング団の歴史的ショーでございます。

[…]

株の暴落によるアルトゥロ・ウイの興隆!　ウイの興隆はまだ止められるが。

悪名高い倉庫放火事件の裁判での大騒動!

ダルフィート殺害!　こん睡状態の司法!

ギャング仲間のエルネスト・ローマ虐殺!

496

［…］

プロローグのモリタート的特徴は歳の市の歴史劇の伝統から来ている。クニッテルフェルス（Knittelvers）で書かれており、大道芸人の口上を思わせる。一行は四つのHebung（強格＝揚格）からなり、二行ずつ脚韻を踏んでいる。第一稿のプロローグでは、登場人物のろう人形が入ったボックスが並べられ、その後ろから俳優が出てきて、人物紹介が行われる。文字通り見世物小屋的イベントだと言っていいだろう。

6　二重の異化

ブレヒトはこのギャング歴史劇に二重の異化を施している。ヒトラーの世界をギャングの世界へ移し替えること、そしてギャングにブランクヴァースという「高尚な様式」で話させ、演じさせることである。

第一の異化について言えば、こうした移し替えにブレヒトは苦慮している。観客が登場人物のすべてに、誰がモデルかという詮索をし始めると、作品はナチスの話を象徴化したものにとどまってしまうからだ。確かに、作品では登場人物名が実在の人物に当てはめられる。ギャングはすべてイタリア人名であり、ウイはヒトラー、ジーリはゲーリング、ジボラはゲッベルス、ローマはレームといったふうに。国家権力や産業界の代表は英語風の名前を持っており、ドグズバローやダルフィートはドイツ語との対応から、ヒンデンブルク、ドルフスといった実名を割り出せる。各場の終わりに、世界恐慌から一九三八年のオーストリア併合までのドイツ史における現実の出来事が記され、スクリーンに映し出される。

寓話劇と言っても、代表的な作品『セチュアンの善人』(Der gute Mensch von Sezuan) では、さまざまな歴史的状況に当てはめることができるよう筋が作られている。それに比べてギャング風刺劇ウイでは、一つの定められた歴史的状況、一九三二年から三八年当時のドイツの状況がはっきりと重なっており、ともすれば昔むかしの物語になりがちである。ブレヒトは戦後の観客のために最終稿では新しいエピローグを付け加えている。作用半径の大きな作品にするために、さまざまな演出上の工夫も必要だろう。

第二の異化は、全編をブランクヴァースで書くことで得られる。ブランクヴァースはシェイクスピアやエリザベス朝演劇で多く用いられ、のちにドイツでもレッシングやゲーテが愛用した詩形である。無韻五詩脚のヤンブス（弱強格）でできており、一行に弱強の組み合わせが五組（または五組＋弱格）ある。冒頭のフレーク／クラークのせりふでブランクヴァースを確認してみよう。Xが弱格、(X)が強格である。

Verdammte Zeiten!, s ist, als ob Chikago
X (X)　　X　(X)X　　(X)　X　(X)　　X(X)X
Das gute alte Mädchen auf dem Weg
X　(X)X(X)X　(X)　X (X)　X　　(X)

一九四一年四月二日の『日誌』では次のように記されている。

一度書いたウイのヤンブスを、もっと滑らかなものに直す仕事に相当手間をかけてい

［…］グレーテ（マルガレーテ・シュテフィンのこと ※筆者注）は百の詩行のうち四十五行は、韻律が乱れていると数え上げた。［…］彼女が強調したのは、ヤンブスの詩句が滑らかでないと、異化効果が損なわれる、ということだった。

ギャングに高尚な古典様式で書かれたテクストを語らせるという異化がもくろまれているのだ。従来の訳（岩淵達治、長谷川四郎）は、いずれも散文で、「…がいらあ、…おれよ…かもしれねえや」といった「ヤクザ（?!）言葉」で訳されているが、ブレヒトの意図とはかけ離れていると言っていいだろう。さらにブランクヴァースの使用は、ブレヒトが上演の指示で述べている「最速のテンポ」と関係している。ブレヒトは常に「叙事詩的な作品にスピード感がつけられたかどうか」を気にかけていた。それには叙事詩的演劇が持つモンタージュ的な構造だけではなく、言葉のリズム感も重要なのだ。ブレヒトは言う。

ぞんざいなヤンブスを使えば、翻訳者にも感染してしまうだろう。低劣な感じを表現するには下手なヤンブスとは違った手段でしなければいけないのだ、と彼女（シュテフィン）

解題

は言う。僕が普段よく使うジャズのシンコペーションを取り入れた（五脚の、しかしダンスステップ風の）ヤンブスは、下手なヤンブスとは違うし、ぞんざいなわけでもないが、このヤンブスを作るのは一苦労だ。もちろん非常に技巧的なものである。

ブレヒトは各場面の最後の二行は必ず韻を踏ませている（第1場：schad/rat・第1a場：kann/an・第2場：Stimmt's/nimmt's など）。このような苦労を日本語訳に反映させることは難しい。だが行分けすることによって凝縮された言語を紡ぎだし、スピードアップした翻訳にすることも翻訳者の重要な仕事だろう。

ブレヒトは古典の使用についても言及している。「二重の異化――ギャングの環境と、高尚な古典様式――がどんな効果を生むかは、まだ予測できない。これに（『ファウスト』の）マルテおばさんの庭園の場面と、『リチャード3世』の求婚場面のような古典を見せる効果が加わる」と。本書の注で詳しく述べているので参照してほしいが、第6場はシェイクスピア『ジュリアス・シーザー』、第12場はゲーテ『ファウスト 第一部』（庭園の場面）、第13場はシェイクスピア『リチャード3世』、第14場はシェイクスピア『リチャード3世』『マクベス』が用いられ

501

ている。それ以外にもゲーテとシラーの引用のパロディがはめ込まれている。だが『ジュリアス・シーザー』のアントニーの演説にしても、シェイクスピアの演説をそのまま用いているわけではない。ブレヒトはアントニーに言わせている。「かくも気高いブルータスは／あなたたちに断言した。シーザーは暴君だったと」。シェイクスピアがブルータスに付与した修飾語 ambitious（野心のある、大望のある）は、シュレーゲルのドイツ語訳では「Herrschsucht（支配欲、権勢欲）のある人」となり、ブレヒトはこれをさらに tyrannisch（専制君主的な、暴君の）に変え、意味を強めている。シェイクスピアでの「野心家」は、ブレヒトでは「暴君」に変わるのである。

7 ファシズムの演劇性

『ウイ』では、最初にいくつかのトラストの吸収合併闘争と正直者ドグズバローへの贈賄が次第に明らかになり、国民が不満を口に出し始めてよテーマになっている。大規模な贈収賄が

解題

うやく、比較的長い間干されていたウイが行動に出る。ドグズバローがウイに帝国宰相のポストを公認してから、ウイは第6場で年老いた役者から「政治家としての」振る舞いや朗読を習う。次の場面ではシェイクスピアによるパロディ的な演説（ジュリアス・シーザーの中のアントニーのブルータスに対する演説）の練習の成果を踏まえ、救済者としての演説を民衆に披露する。その後、国会議事堂放火事件とその裁判、ギャング内のライバルであるローマ、並びに政治家ダルフィートの虐殺によって、ウイは絶対的な権力を手にする。第6場はウイのいわば「変身」を導く重要な場面なのだ。

ナチスに特徴的な小さな戯曲化とはどのようなものだろう？　ファシストたちが極度に演劇的な振る舞いをすることは疑う余地がない。彼らはそれに対して特別なセンスを持っている。彼らはそれに対して特別なセンスを持っている。彼らはそれに対して特別なセンスを持っている。彼らはそれに対して特別なセンスを持っている。彼らは自分でも演出という言葉を使うし、非常にたくさんの効果を演劇から直接に引き出してきている。——サーチライトとか伴奏音楽とか合唱とかサプライズなどがそれだ。そればかりかヒトラーはミュンヘンで宮廷俳優のバージルから話術だけでなく動作のレッスンを受けていた。

「政治の演劇化」というヒトラーの陶酔的な演出に、ワーグナーやベートーヴェンの音楽が

利用されたことは疑いもない。思想家ベンヤミンの言葉を借りれば、ブレヒトはこれに対して「演劇の政治化」で応えようとした。ヒトラーの演説に狂信的なエールを送る人たちを見ていると、ブレヒトが打ち立てた「感情同化 vs 異化」という図式の意図するものが透視される。ブレヒトは自己の演劇論を次のように展開する。

　人間のもっとも偉大な性質は批評・批判である。ある人間の中に余すところなく感情を同化する者は、その人物に対する批評も、自分自身に対する批評も放棄する者だ。醒めている代わりに夢の中を浮遊している者だ。何かをする代わりに何かをさせられている者だ。したがってファシズムが提供するような演劇的催しは、人間の社会的共同生活のさまざまな問題を処理する鍵を観客に与えようとする劇場のためのよい実例にはなりえない。

8　上演史

『アルトゥロ・ウイの興隆』を、主人公ウイの変身物語としてみた場合、ペーター・パーリッチュ（Peter Palitzsch）、マンフレッド・ヴェックヴェルト（Manfred Wekwerth）の共同演出による上演が重要である。この上演は、パーリッチュ演出の初演（一九五八年）の後、ブレヒトの本拠地ベルリーナー・アンサンブルで一九五九年三月二十三日に初演された。エッケハルト・シャル（Ekkehard Schall）がウイを演じ、音楽はハンス・ディーター・ホサラ（Hans Dieter Hosalla）が担当した。ブレヒト死後のモデル演出として五百八十四回の上演を重ねるロングランとなった。なおローマが幽霊として登場する第14場はカットされている。チャップリンの映画『独裁者』に思わず重ねたくなるような演出である。チャップリンでは名もない床屋によって行われる世界平和のための大演説は、ブレヒトでは「名もなかった」ウイが権力に登りつめ、「世界制覇」のために行う自信にあふれた演説に代わっている。スピード感あふれるシャルの身振りと言葉は、観客の注意を引きつける。

ハイナー・ミュラー (Heiner Müller) の仕事も忘れられない。一九九五年にベルリーナー・アンサンブルで初演を迎えたハイナー・ミュラー演出の『ウイ』は、現在まで上演され続けている。ミュラーは、『止められるアルトゥロ・ウイの興隆』で「止められないベルリーナー・アンサンブルの没落」を止めたのだ。演壇とトラックのモーターだけが置かれた裸の舞台。暗闇にシューベルトの『魔王』(Erlkönig) が鳴り響く。舞台が明るくなるとウイを演じるマルティン・ヴトケ (Martin Wuttke) が、真っ赤な舌を出し、四つんばいになってあえぎながら登場してくる。この哀れな犬がやがて世界を征服するところまで登り詰めるのだ。役者が登場し、ウイの身振りや話し方を指導する場面はやんや、やんやの喝采だった。役者は九十歳のミネッティが演じた（その後は女優ホッペが演じ、さらに他の俳優に引き継がれている）。テーマソングのように流れるペーパー・レースの《シカゴが死んだ夜》(The Night Chicago Died) も耳に残っている。

ミュラーは喉頭がんの手術をした後で、ほとんど声が出ない状態だった。ミュラーの招待で私も演出チームに入っていた。ウイスキーではなくコカ・コーラを飲みながらの演出だったが、左横に座る演出助手のズシュケが、ほとんど聞き取れないほどしゃがれて、小声のミュ

解題

ラーの指示を、大きな声で全員に伝達していた。私は稽古にずっと参加し、ミュラーの一列後ろの右横にいたが、ミュラーはいつも振り向いて意見を聞いてきた。そのときのミュラーのほほえみに満ちた顔が今でも思い浮かぶ。

「［…］こんなやつがかつてほとんど世界を支配しそうになったのです！／諸国民がやつを屈服させ、やつの主となりました。それでも／ここで勝利を喜ぶのはまだ早すぎます。──／やつが這い出てきた母胎は、まだ生む力があるのですから」。このエピローグは、いつ聞いても何とアクチュアルに響くことだろう。

今回の翻訳は、清流劇場の『アルトゥロ・ウイ』上演のためになされた。演出は田中孝弥、ウイは上田泰三が演じ、役者役にはベテラン藤本栄治がつく。日本での上演が楽しみだ。

最後にいつもながら最高にすばらしい本を作ってくれた松本久木氏、編集を担当してくれた北岡志織氏に深い感謝を捧げる。

二〇一六年九月九日　大阪にて

本書は市川明によるドイツ語圏演劇翻訳シリーズ
「AKIRA ICHIKAWA COLLECTION」(全 20 巻)の第 4 巻である。

【既刊】

第 1 巻
『タウリス島のイフィゲーニエ』
ヨハン・ヴォルフガング・フォン・ゲーテ 作

第 2 巻
『こわれがめ 喜劇』
ハインリヒ・フォン・クライスト 作

第 3 巻
『賢者ナータン 五幕の劇詩』
ゴットホルト・エフライム・レッシング 作

第 4 巻
『アルトゥロ・ウイの興隆』
ベルトルト・ブレヒト 作

第 5 巻
『アンドラ 十二景の戯曲』
マックス・フリッシュ 作

(全て小社刊)

大阪ドイツ文化センターは本書の翻訳を後援しています。
Diese Übersetzung wird gefördert vom Goethe-Institut Osaka.

市川 明（いちかわ・あきら）

大阪大学名誉教授。1948年大阪府豊中市生まれ。大阪外国語大学（現・大阪大学）外国語学研究科修士課程修了。1988年大阪外国語大学外国語学部助教授。1996年同大学教授。2007–2013年大阪大学文学研究科教授。専門はドイツ文学・演劇。ブレヒト、ハイナー・ミュラーを中心にドイツ現代演劇を研究。「ブレヒトと音楽」全4巻のうち『ブレヒト 詩とソング』『ブレヒト 音楽と舞台』『ブレヒト テクストと音楽——上演台本集』（いずれも花伝社）を既に刊行。近著に *Verfremdungen*（共著 Rombach Verlag, 2013年）、『ワーグナーを旅する——革命と陶酔の彼方へ』（編著、松本工房、2013年）など。近訳に『デュレンマット戯曲集 第2巻、第3巻』（共訳、鳥影社、2013年、2015年）など。多くのドイツ演劇を翻訳し、関西で上演し続けている。

AKIRA ICHIKAWA COLLECTION NO.4

アルトゥロ・ウイの興隆（こうりゅう）

2016年11月1日　第1版 第1刷
2020年3月1日　第2版 第1刷

作：ベルトルト・ブレヒト
訳：市川 明

編集：北岡志織
発行者／装丁／組版：松本久木
発行所：松本工房
〒534-0026 大阪市都島区網島町12-11 雅叙園ハイツ1010号室
電話：06-6356-7701／ファックス：06-6356-7702
http://matsumotokobo.com

印刷／製本：シナノ書籍印刷株式会社

本書の一部または全部を無断で転載・複写することを禁じます。
乱丁・落丁本は送料小社負担にてお取り替え致します。

Printed in Japan
ISBN978-4-944055-85-2 C0074
© 2016/2020 Akira Ichikawa